U0081198

新機動戰記鋼彈W 冰結的淚滴

NEW MOBILE REPORT GUNDAM W Frozen Teardrc

隅沢克之

8 寂寥的狂想曲（中）

寂寥的狂想曲

Kadokawa Fantastic Novels

封面插畫／あさぎ桜、KATOKI HAJIME
插畫／あさぎ桜
日版裝訂／KATOKI HAJIME

寂寥的狂想曲

匹斯克拉福特檔案4

「從前從前，有一對孿生姊妹的名字叫作仙杜瑞拉（Cinderella）與珊德莉恩（Cendrillon）。

兩個名字都是『蒙著灰』的意思。

有一天，兩人聽說了國王將在城堡裡舉辦舞會，都很想去參加。

遺憾的是，這對姊妹既沒有錢，也沒有能夠盛裝去參加的服飾。

這時候出現了一位親切的魔法師，為她們準備了南瓜馬車、漂亮的禮服，以及美麗的玻璃鞋。

可是只有一人份。

姊妹倆商量過後，決定讓珊德莉恩去參加舞會，仙杜瑞拉則留在家裡替繼母她們打雜。

珊德莉恩在舞會上與王子度過了夢幻般的時光，在午夜十二點，魔法效果中斷之前匆忙回家了。

獨留一隻玻璃鞋在城堡的階梯上。

王子以那隻玻璃鞋為線索，四處找尋心愛的珊德莉恩，最後來到兩人居住的宅邸附近。

當天，珊德莉恩為了報答留在家中的仙杜瑞拉，於是勤奮地幹活，到遠處的水井去取水了。

王子見到留在家中的仙杜瑞拉，讓她試穿了玻璃鞋。

因為是雙胞胎，所以尺寸完全吻合。

王子決定與仙杜瑞拉結婚。

等到珊德莉恩取水回到家時，家裡再也遍尋不著仙杜瑞拉的蹤影──」

取自某王家傳承的故事

《仙杜瑞拉與珊德莉恩》

AC-146 April

政治的停擺就是孕生「積極的武力組織」的溫床。

一旦政治家怠惰、民眾消沉，就會讓擁有軍備兵力的人抱持「振興之業，捨我其誰」的主動心態。

事實上，引導地球圈統一的就是各國的軍事組織。

在諸多勢力林立相抗的國際社會局勢之中，與其因國與國之間的鬥爭，致使國勢逐漸疲敝，還不如憑藉著強大的軍事力，一口氣解決位於各地的紛爭還要來得更有效率。

結果就是誕生出名為地球圈統一聯合軍的怪物。

此外，這批積極的破壞者為了讓自身組織延續，捏造出假想敵也是家常便飯。

一位名叫「希洛·唯」的學生現身於盧森堡的羅姆斐拉財團，由他的一句「閉嘴，你們這些老頭」而開始的反戰演講，大大撼動了地球圈統一聯合軍的立場。

他的演講既辛辣卻也正中要害。

時而激動、時而和緩，熱烈而節奏有序地懇切訴說著論點。

他的演講主旨，在於指摘被選出之人們強加於人、極端功利主義的政治體制，便是當今擴大了貧富差距、剝奪了民眾的活力，構築出肯定戰爭而拒絕和平之社會的程序。

俐落地直搗本質核心。

邏輯的推演十分明晰。

況且他的論點不僅只於批判，還列舉出了改革用的代替方案，切要中肯得讓列席的掌權者們臉色慘白。

地球圈統一聯合軍的老將軍們提出的反駁，根本像是以卵擊石。

這就是日後被稱為殖民地傳說中的指導者——希洛．唯令人印象深刻的政治出道。

同時也是整體地球圈開始闖向寂寥黑暗的起程。

雄辯的正論會招致卑劣的反感。

耀眼的年輕，成了老人妒忌的對象。

毫無私欲的改革者，將受到既得利益者的憎惡。

演講結束之後，希洛和莎伯莉娜暫時躲到了桑肯特·克修里納達的宅邸裡避風頭。

因為聽說聯合政府出動了特務機關的傳聞。

他們的行動目的是「暗殺」。

因為認為在名為歷史的舞台上，或許還不需要像希洛·唯這樣的「希望之光（聚光燈）」也說不定。

對於在波羅的海與北海的兩場海戰中敗北一事，聯合軍的統合參謀本部至今似乎仍感到不可置信。

坐擁反叛軍艦隊六倍以上戰力的第三、第四、第五聯合艦隊，幾乎在一瞬間就遭到殲滅。

而僅僅在這一兩個月內，北大西洋的制空權與制海權已完全掌握在反叛軍的手裡。

雖然內陸方面的物資輸送依然健全，可是補給量已經快不足以支撐對於山克王國的包圍網。

迫於無奈，聯合陸軍只好決定撤退。以此為大前提，必須緊急展開與反叛軍交涉停戰。

反叛軍接受了這項提議。

不過卻指定議談地點要在山克王國，而且必須實況轉播到地球圈全體區域。

無論哪一項都是史無前例，不過聯合軍答覆會遵從這些要求。

聯合軍也變得很沒志氣了嘛——反叛軍中，任誰都是這種感想。

只不過，那卻是個狡猾的計謀。

日後，在山克王國的城堡大廳中舉行了停戰交涉。

＊

山克王國的春意尚不明顯。

山間的深林既白又冷，王城所在的中心市街也四處可見殘雪。

卡蒂莉娜．匹斯克拉福特從漂浮在山克王國灣的反叛軍旗艦「羅賓漢」上，眺望著那樣的風景。

「雪還沒融化……這樣子比較好。」

她吹著冰冷的海風，輕聲呢喃。

雪會吸收多餘的聲音，帶來寂靜。

那片雪白能夠將自己充滿虛偽的內心掩藏起來。

「我是個淨會撒謊、不成材的學生……對吧，希洛老師？」

她想著這些事。

自從降落地球之後，卡蒂莉娜就沒有再見到希洛。

萬一見到了，就必須履行一個約定不可。

──我好痛苦，救救我……

過去，卡蒂莉娜曾脫口說出這樣的話。

過了一陣子，希洛反問了她這件事。

是在雙足飛龍飛往地球，在駕駛艙裡通訊的時候。

──妳是為了什麼而如此痛苦？可以告訴我嗎？

卡蒂莉娜沒有告訴他。

──這點我不能說，可是這件任務如果成功，我就告訴你。

只是在當下敷衍帶過而已。

她怎麼可能說得出真相。

「我喜歡希洛老師。」

她也注意到了，恐怕……不，是毫無疑問地，莎伯莉娜也喜歡希洛。

自那之後，已經過了近半年的時間。

她沒辦法對現在的希洛完美地撒謊。

她所能想得出的話語，八成支離破碎得就像走在融雪步道上那樣吧。

「莎伯莉娜才是適合老師的人……」

伊曼努爾．康德有一項叫作「絕對律令」的哲學概念。

就是一般所說的「虛偽是罪」，而不是宗教層面的意圖。

終究只是從道德的最高原理所導出的一般法則的公式。

莎伯莉娜自從在威利茲侯爵府，從希洛那裡學到了這項概念之後，似乎就一直在親身實踐。

先學到這項概念的是卡蒂莉娜。

當她還在殖民衛星的德利安府生活時，家庭教師希洛曾經教過她。

但是卡蒂莉娜無法通徹地理解。

讓她不得不去覺得就算同為學生，也是莎伯莉娜才是資優生。

其實她對希洛還是抱持著眷戀。

那是一種可恥而應當反省的心情。

卡蒂莉娜必須捨棄這份眷戀才行。

為了鞏固身為戰士而活的決心。

也是為了讓不幸的姊姊莎伯莉娜獲得幸福。

兩個月前，她得知了兩人追著她降落至地球。

儘管如此，她卻不打算主動去見他們。

因為覺得會使自己的決心動搖。

「我什麼都不需要了，因為我還有和希洛老師之間的回憶。」

這句話是模仿她在遙遠的昔日曾看過的電影《北非諜影》裡，亨佛萊·鮑嘉所說的台詞。

身後傳來呼喚卡蒂莉娜的聲音。

轉過身，那是莎伯莉娜。

似乎是為了在與聯合軍交涉停戰之前，先和反叛軍進行最終協商，而乘上了這艘「羅賓漢」。

作為莎伯莉娜的助理，羅姆斐拉財團的桑肯特．克修里納達和艾瑞克．夏葛德也與她同行。

沒有看到希洛的身影，卡蒂莉娜鬆了口氣。

雖然感到放心，還是問了他人在哪裡。

「希洛老師呢？」

「我請他幫忙照顧沙姆。」

卡蒂莉娜一瞬間看向甲板上的雙足飛龍「沙姆」。

但立刻想起是貓咪「沙姆」。

居然會對這種事會錯意，她覺得自己有點可笑。

「沙姆很親近老師嗎？」

「把他抓得渾身是傷呢。」

兩人都輕笑了出來。

腦海裡浮現希洛對任性的沙姆一個頭兩個大，但還是一邊說著些難懂的話，一邊奮鬥的模樣。

初春的陽光還無法讓人感受到溫暖。

兩人之間卻萌生了些許的暖意。

眾人一面閱覽著事先從聯合軍方收到的停戰調停文件，一面進行協商。

確認過哪些點可以妥協，哪些必須強硬執行，從各種角度對預設的會談內容進行模擬，慎重地再三檢討。

原本假設若對方要求交出雙足飛龍「沙姆」的話，他們將會堅持拒絕，但對方沒有提出這個項目。

一定是覺得他們帶去的萬一又是貓咪沙姆，也是拿他們沒輒。

到目前的階段沒什麼大問題。

等到協商結束之後，桑肯特．克修里納達舉出了一項提議。

「我認為，妳們兩位今後最好避免在同一個場合現身。」

「為什麼？」

卡蒂莉娜坦白地問。

桑肯特面帶歉意地說明。

名為莎伯莉娜‧匹斯克拉福特的這名人物，在去年秋天已對外宣稱死於地球使節團的太空梭爆炸事件裡了。

因此最好也要隱瞞現身於盧森堡的財團議會廳的不是卡蒂莉娜，而是莎伯莉娜的事實。

卡蒂莉娜立刻就理解了。

因為原本她就認為該繼承匹斯克拉福特家的人是莎伯莉娜。

這麼一來，也就不會再和希洛見面了吧。

若要說唯一的問題，就是必須將自己的名字讓給心愛的姊姊。

「真的很抱歉，莎伯莉娜。」

「不，卡蒂莉娜……我才該向妳道歉。」

「……咦？」

「我什麼事也沒做……老是只讓妳去做些可怕的事。」

「關於這點才是無須擔心，這樣子才比較符合我的個性。」

送走莎伯莉娜等人之後，馬爾提克斯・雷克斯上尉有些顧忌地開口說：

「雖然聽說過妳們是雙胞胎……」

目光一直留戀於送行的卡蒂莉娜，並沒有因為聽見他的聲音而回頭。

「但她給人的印象和妳差很多呢。」

這個時期的馬爾提克斯，對於卡蒂莉娜似乎抱持著某種好感。

他還會告訴同伴說，公主偶爾展露的開朗笑容非常迷人。

讓人覺得好像是勝利女神在對自己微笑，會為持續艱苦作戰的士兵帶來希望。

無論是作為部下或者是親近的戰友，都是前所未有地可靠——他是這麼說的。

莎伯莉娜和卡蒂莉娜，兩人所背負的命運的秤砣，重量確實是不一樣。

就算同樣露出笑容，莎伯莉娜的眼眸裡也總是蘊藏著憂愁與悲傷。

「那麼——」

卡蒂莉娜開朗地笑道：

「得來決定一下我的新名字了！」

AC-146 April 20

山克王國的會談開始了。

圍繞著中央長桌而坐的，是聯合軍與反叛軍雙方，以及莎伯莉娜．匹斯克拉福特。

她擁有身為一國代表而被要求具備的所有條件。

不管是才學、知識與外交手腕都十分卓越。

只不過，對莎伯莉娜而言，有一點美中不足的地方。

這場會議的轉播畫面上，秀出莎伯莉娜名字的跑馬燈顯示的是「卡蒂莉娜．匹斯克拉福特」。

不合本意的虛偽，使莎伯莉娜有那麼一點點怯場。

這場會談最大的焦點，就是聯合軍方並沒有承認敗北。

他們似乎終究只是打算昭告全世界，「基於人道的立場，為了避免繼續流血而決定停戰」。

但原本這場戰爭的開端，就是反叛軍針對聯合軍方的打壓而挑起，因此只要聯合軍方態度軟化，就算是十足的成果了。

聯合軍方也在無傷自身矜持的程度下大大地讓步。

「明白了。就照你們所說，我們接受『停戰』。」

莎伯莉娜應允。

「避免流血」說穿了，只是外交上的常套句。

在此類場合中所經常使用的言詞。

但是深愛和平的莎伯莉娜卻以真摯的態度，接受了這種徒具形骸的官方說詞。

當然她不認為這樣就算是和平了。

只要多少殘留著敵意，就絕對稱不上是和平狀態。

但是作為邁向和平的第一步已經足夠，她是這麼想的。

而另一方面，反叛軍也期望「停戰」。

士兵雖然戰意高昂，但是艦隊或陸戰部隊的燃料、武器、彈藥等資源，都已快要告罄。

支撐戰線的經濟已然面臨匱乏。

與「避免流血」的高尚思考相反，「雙方都已無力繼續維持戰線」這個切要的理由，才是結束這場戰爭的主因。

雙方互相確認停戰條約裡的項目，提出彼此的妥協案。

瀏覽到最後的項目時，莎伯莉娜停住了視線。

與事前接到知會的文件不同，那一項是新加上去的。

上面的標題寫著「關於對山克王國申請的賠款」。

聯合軍提出了破天荒的金額。

所需數字是匹斯克拉福特家的總資產的五倍以上。

貧困的弱小國家不可能支付得出來。

再說，為何山克王國非得支付賠款不可？

項目的底下條列了諸如「讓戰火擴大的主因」、「造成鄰近國家蒙受損害」、

「未經認可便擅自退出聯合國陣營」等看來極為中肯的理由。

無論哪一點都是事實，但是向戰勝國要求賠款這種事，簡直前所未聞。

這就是所謂「贏了戰爭，輸了外交」嗎？莎伯莉娜對此痛切體悟。

直到這一刻之前，反叛軍深信不疑地認為聯合軍懦弱無志氣。

實際上卻不是這樣。

他們是打算狡猾地透過外交，貫徹憎惡滿盈的要求。

在協商之前，應該要更清楚地表明彼此的立場才對。

由於太過渴求和平，因而操之過急地誤下了判斷。

事到如今，是否還可以拒絕要求呢——莎伯莉娜拚命思考著。

一旦拒絕的話，就是對停戰條約出爾反爾了。

戰爭將會繼續。

如此一來，卡蒂莉娜將再次重返戰場，讓雙手被鮮血染紅。

與海戰不同，內陸的戰鬥將招致悲慘的情況，許多無關戰爭的一般百姓很可能會被捲入。

而且為了維持戰線，就必須向他國借助巨額的貸款。

一旦演變成長期抗戰，最後獲勝的應該會是聯合軍。

以結局來說，必須支付的貸款，以及比現在的要求金額膨脹數倍的賠款，將會造成國家本身滅亡是可想而見。

（果然還是只能看開，付錢給對方了——）

莎伯莉娜無論如何都想結束這場戰爭。

她想讓反叛軍的士兵們、山克王國的國民，還有心愛的妹妹遠離戰場。

但這筆莫大的賠款，又該從哪裡籌措出來呢？

不能讓自己的國民去負擔這筆錢。

絕望的困頓感，逼得她走投無路。

就在這時——

耳邊響起輕柔的耳語。

「公主……關於賠款，就請您接受吧。」

說話的是羅姆斐拉財團的艾瑞克．夏葛德。

「這件事情，我們會想辦法處理。」

不知是何時來到身旁的他，只留下這句耳語後便離去。

一切的侷限，都是從自己的內心產生。

莎伯莉娜如此心想。

不管是困頓或絕望，都是自己擅自認定。

一旦他人伸出援手提供了突破方法，感覺內心的陰霾便一掃而空。

莎伯莉娜聽從了他的建議。

至少在她的認知裡，艾瑞克和桑肯特都是值得信賴的人物。

「山克王國答應所有的條件。」

她筆直地看著交涉對象，靜靜地如此表示。

當莎伯莉娜在協約公文的允諾欄簽下「卡蒂莉娜·匹斯克拉福特」時，聯合軍與反叛軍於北歐的戰爭就此告終。

與此同時，反叛軍宣告解散。

*

聯合陸軍旁若無人地開始撤退。

山克王國的山林被硬生生闢開了道路，砍斷了森林。

途中經過的村落，全被視為補給物資而接收。

這一切早在預料範圍之中，因此周邊地區的百姓全都事先避難去了。

原本計畫中應該是能風平浪靜地完成撤退才對。

到了半夜。

聯合軍持續在撤退中。

在那當中，有支部隊做出了莫名其妙的行動。

負責殿後的第九十九戰車大隊09部隊，別名「九頭蛇部隊」，正在大幅偏離預定的路線。

而且居然開始攻擊百姓避難的設施。
他們向本隊提報的內容，是偵測到反叛軍的追擊。
實際上根本沒有什麼反叛軍的追擊部隊。
反叛軍本身早就已經解散。此外，也不可能是山克王國的國民發動的武裝。
可是殿後的戰車隊長卻狂加肆虐。
先是以砲擊破壞避難設施，再以機關槍瞄準逃出的百姓，加以掃射。
部下們連忙制止他。
「請別這樣，隊長！這裡的人全都沒有武裝！」
「你們不覺得很不甘心嗎？我們不但得不到名譽或勛章，連獎勵也都不會有啊！」
戰車隊長完全脫序。
「這裡的都是敵人！就是百姓結成了反抗組織來襲擊我們的啊！」
聯合軍特有的捏造體質，深入了這個男人的骨髓。
「誰都休想有意見！」

就在這時，一道刺眼的光降落在戰車隊長頭上。

那是閃光彈。

剎那間，他丟失了目標。

同一時間，所有的電子儀器都故障了。

百姓們趁著這個空檔逃跑。

戰車隊長還滿眼金星地仰望頭頂上方。

眼前——飛來了閃耀著白銀光輝的雙頭龍——雙足飛龍。

駕駛員自空中發話。

聽起來是個柔和的少女聲音。

『你們應該知道停戰條約吧？要是無論如何都想跳舞，那就由我來當你們的舞伴。』

那無疑是卡蒂莉娜的聲音。

『喵吼——』

緊接著還聽見貓的恫嚇叫聲。

卡蒂莉娜接受了量子電腦「沙姆」的建議，為了無力的人們挺身而戰。

驚覺那就是傳說中的「沙姆」，戰車隊如鳥獸散逃逸了。

＊

山克王國北部的森林裡，有著卡蒂莉娜他們藏身的祕密基地。

他們稱那裡為「夏伍德森林」。

仰慕卡蒂莉娜，以馬爾提克斯為首的幾名前反叛軍人，離開旗艦「羅賓漢」聚集到了這裡。

那裡主要是雙足飛龍的整備站，也可以看見「D・D」和麥克・霍華等技術人員的身影。

他們仿效與搭乘的旗艦同名，英格蘭傳說中的勇者，將這個基地命名為「夏伍德森林」。

卡蒂莉娜他們或許是反抗巨大權力的法外之徒也說不定，但卻也是守護和平及自由的義賊集團——

AC-146 May

五月的夜晚，洋溢著林木的氣息。

潺潺小溪反射明月的光輝，綻放著繽紛的光彩。

還可聽到從某處傳來貓頭鷹鳴叫。

夏葛德府是個環繞著此番大自然，山明水秀的地方。

莎伯莉娜‧匹斯克拉福特在噴水池前方下車，步向並排著高雅的白堊柱子，有著優雅而平緩階梯的玄關。

那絢爛豪華的宅邸建築，比起山克王國的王城還更顯得渾厚。

如此奢華的大宅院裡，只住著艾瑞克一個人。

由於是單身，因此當然也住了幾名傭人，但就算如此還是太富麗堂皇了。

雖然並非正式訪問，但未穿著正式服裝，幾乎是以平日的打扮來訪，讓莎伯莉娜有些不好意思。

「可是必須把事情講清楚才行。」

莎伯莉娜提出與艾瑞克見面的請求。

有件事，她無論如何都想當面詢問。

直到最近之前，莎伯莉娜都以為山克王國的賠款將會是由羅姆斐拉財團代為扛下。

但實際上卻非如此。

而是由夏葛德家的個人資產支付。

並且是全數清償，請款的要求並沒有落到山克王國這邊。

「您為何要這麼做呢？」

莎伯莉娜拜訪夏葛德的家，才一見到出來迎接的艾瑞克就突兀地問道。

「這個嘛，請不必放在心上。」

他也同樣穿著出乎意料的居家便服，這因此舒緩了穿著平日裝扮的莎伯莉娜的緊張感。

親切自然的應對，讓她甚至差點覺得可以照他字面所說的，真的對於賠款一事「不必在意」。

「傷腦筋，被妳發現了啊。」

艾瑞克像是惡作劇被發現的孩子般，靦腆地笑了笑。

莎伯莉娜在被帶往會客室的一路上，都不斷複誦著她的主旨：「雖然感謝您的援助，但以捐款來說，金額太過龐大了。我們拿不出任何足以作為回報的代價」。

艾瑞克在會客室的沙發上坐了下來，將垂落的瀏海向後撫貼，以一慣的笑容回答莎伯莉娜：

「不是捐款……若要說的話，那算是對於貴國的預先投資吧。」

莎伯莉娜坐在他的正對面，視線像是瞪著他般詢問：

「投資？」

「是的……對世界的未來而言，山克王國是必要的國家。公主，打從我第一眼見到妳時就這麼想了。」

艾瑞克笑容依舊，彷彿諄諄告誡般對莎伯莉娜繼續說：

「當今之世，人人追求戰爭，許多國家因此而滅亡。就算在這樣的時代提倡和平，大概也沒有人肯聽進耳裡吧。可是將來或許會發生改變。不，是若不改變的話就麻煩了。所以我希望山克王國能存活到那個時候。」

「我們所抗戰的不是聯合軍，而是時代本身是吧？」

莎伯莉娜深深嘆息。

艾瑞克對她的聰穎感到佩服。

「沒錯，是不可能與之匹敵的對手。但是也因此而讓人感到驕傲，甚至覺得炫目。若是貴國的話，我認為就能將『邁向和平的希望』寄託在你們身上。正因為有這種念頭，所以我才做了無足掛齒的投資。」

「你真的認為和平的時代會到來嗎？」

「只要有信心就一定會到來……但是，所謂的和平就像是薄玻璃工藝品般脆弱的東西，若掉落地面的話，就會破得粉碎。所以請妳珍惜地將它收藏在心中，就當作是身為山克王國公主的使命吧。」

＊

艾瑞克總算成功說服莎伯莉娜，並送她離去。

一面轉動著僵硬的肩膀，他才剛回到會客室——

「你看上去很累呢，艾瑞克。」

直到先前，莎伯莉娜還坐著的地方出現了桑肯特。他調侃地說道。

「你不知道有多麼辛苦。」

艾瑞克一股腦兒地倒坐在沙發上。

「你要是在偷聽的話，真希望你也能加入談話呢，桑肯特。」

「……做那種不識風趣的事，會讓克修里納達家的名譽蒙羞。」

「不識風趣？你這男人總是把客氣用在奇怪的地方呢。」

桑肯特在手中的兩個巴卡拉水晶（註：法國的水晶品牌Baccarat）玻璃杯中注入琥珀色的蘇格蘭威士忌，將其中一杯遞給艾瑞克。

「乾杯吧。」

「嗯，這主意不錯……」

兩人將玻璃杯舉到視線的高度。

「敬山克王國的未來。」

「敬和平。」

兩人各自說完，將杯中一飲而盡。

桑肯特凝視著喝空的玻璃杯說：

「和平就像是薄玻璃的工藝品是嗎……對於平常只關心經濟的你來說，可真是難得有雅趣的話呢。」

「聽起來不像在誇獎啊，桑肯特。」

「我可沒有在誇獎你啊……你應該對自己的心再更坦率一點。」

巴卡拉水晶的切面曲線纖細卻又強韌，照明的燈光經過複雜的屈折後，被華麗地反射出來。

桑肯特舉著綻放繽紛光彩的玻璃杯，靜靜地接著說：

「脆弱而透明閃耀的東西很美。正因為如此，才緊緊擄獲了人心不放。就宛如公主妳一樣——希望你至少能這樣講。」

艾瑞克的臉突然間微微泛紅。

「你……你在說什麼啊……」

「你臉紅了。你的投資果然是別有居心。」

「喂，給我慢著。」

「哎呀，被我說中了嗎？」

「再不適可而止，我就要生氣了！」

艾瑞克只幫自己的玻璃杯續了酒。

「那麼結果如何？仙杜瑞拉中意她的『玻璃鞋』嗎？」

「…………」

艾瑞克已不打算再回話。

他決定默默地繼續喝他的酒。

他與莎伯莉娜之間的年紀，相差了十五歲之多。

她不可能會明白他這種中年男子淡淡的愛慕之心。

就世間的普遍觀點來講，送來「玻璃鞋」的人，應該要是騎著白馬的年輕王子才對。

彷彿看穿了艾瑞克這樣的內心，桑肯特開口說：

「喔，沒什麼好在意的啦。很久以前，有一部叫作《龍鳳配》的電影（註：奧黛麗赫本主演，電影的原名為「Sabrina」，同本作的「莎伯莉娜」）……奧黛麗赫本的對象啊，居然是那個鮑嘉呢。」

聽了這句話，艾瑞克更是不發一語地繼續喝他的蘇格蘭威士忌。

＊

「夏伍德森林」加入了新的技術人員。

是一位纖瘦的美女，據說以前曾在反叛軍中擔任火器管制系統的工程師。

穿著白衣的長髮身影十分瀟灑。

儘管年輕，運用部下卻很得心應手，下達指令也不拖泥帶水，作業上毫無任何多餘之處。

不僅將現有的兵器全都加以二度利用，一瞬間完成了此地的防禦系統。

但也是個不輸其他技術人員的怪胎。

稱自己是「Sorciére」。

魔女──「Sorciére」的意思就是法文的魔女。

「沒什麼特別的意思，只要單純想成是『天才』就可以了。」

在這一個月的期間──

魔女開始製造起獨自開發的大型重戰車。

而命名的品味實在很奇怪。

把那些新型戰車取名為「傑克南瓜燈」──也就是在萬聖節會裝飾的那個南瓜妖怪。

重戰車總共有五輛，由於命名的關係，因此被同伴們戲稱為「南瓜戰車隊」。

有一次，卡蒂莉娜問魔女要不要一起去淋浴。

但是被無情地拒絕了。

後來她打算再一次邀約，結果魔女拿掉了長假髮，露出底下豎立的硬質短髮。

「我是貨真價實的男人，女裝純粹是興趣。」

本以為是女性的他如此說完便憤然離去。

這位魔女就是日後開發了「普羅米修斯」及「重武裝鋼彈」的S博士。

命名的品味，果然是異於常人。

卡蒂莉娜看著魔女完成的重戰車，感到十分有趣。

「好棒喔！這不就是魔女做出來的南瓜戰車嗎？」

她興奮地一把抱住身旁的馬爾提克斯。

「那今天晚上，我就是珊德莉恩囉！」

「不，那個……」

馬爾提克斯整個人害羞了起來。

「可是我們的魔法，並不會在十二點解除喔！」

『喵』一聲地加以回應的是雙足飛龍「沙姆」。

卡蒂莉娜馬上又放開馬爾提克斯，重新面向綠林夥伴們說：

「我們出發吧，前往徹夜通宵的舞會——『Endless Waltz』！」

卡蒂莉娜·匹斯克拉福特的笑容，有別以往地耀眼——

匹斯克拉福特檔案5

「所謂戰爭，乃是藉由軍事來伸張正義的一種悲痛的非常手段。」

伊曼努爾・康德

取自《論永久和平》

AC-146 May 25

哈察督量的〈化裝舞會〉組曲，是從壯麗的圓舞曲開始。

曲調優美而妖豔，卻又莫名帶了點哀愁。

讓人聯想到亞得里亞海的水都威尼斯自古以來傳承，於嘉年華會使用的面具。
也可以說是一首高潔卻伴隨著一層孤獨暗影的旋律。
莎伯莉娜·匹斯克拉福特年幼時，經常以鋼琴彈奏這首圓舞曲。
那個時候還沒有沙姆。
在幾乎讓人窒息的昏暗房間裡，為了排解寂寞的心情或悲傷思緒而埋頭演奏。
仔細想想，或許是從這個時候起，莎伯莉娜就一直戴著一副面具。
「深閨大小姐」——莎伯莉娜一直是被如此稱呼。
實際上並不是這樣。
莎伯莉娜總是追求自由，滿懷期待著能飛向遼闊的大地與無際的天空。
她越是表現得像個家教良好的女孩，內心就越是想當個活潑的野丫頭。
可是莎伯莉娜一直隱藏著這樣的真實自己。
戴著謹慎、清純而文靜的假面具。
是什麼促使她這樣？連自己也不明白本意為何。
是因為自然而然？因為周圍如此認定？因為是王國的公主？之後追加的理由要

多少有多少。

但是她抱有某種使命感是無庸置疑的。

或許是出於對此的反動，莎伯莉娜在夢中總是會變成迥然不同的人格。

有時騎馬馳騁原野，有時駕著雙引擎螺旋槳飛機遨翔天空，有時身穿太空服飄遊宇宙。

或者她也曾經作過惡夢，夢見化身成一名戰士，在野火燃燒的戰場上進行攸關生死的交戰。

雖然每當夢醒後回想會覺得「可怕」，可是夢中的自身意識卻感受到無比的「充實」。

莎伯莉娜時常作這種夢。

這天晚上也一樣。

從快速動眼睡眠（註：睡眠的一個階段。眼球在此階段時會快速移動，且多數在醒來後能夠回憶起作過的夢）清醒之後，耳邊仍繚繞著夢幻的圓舞曲餘韻。

那曲調無數次地一再反覆。

莎伯莉娜突然驚覺——

那一連串的夢，不就簡直是孿生妹妹卡蒂莉娜的現實狀況嗎？

發現這一點之後，她的內心有股難以言喻的心情。

（自己是真的存在嗎？）

存在感稀薄、空虛又曖昧不清，彷彿快要消失似的。

過去她也曾體驗過一次這種感覺。

那和在太空梭爆炸的前一刻被拋到宇宙空間，在逃生艙裡感受到無重力的不安相似。

（會不會……我其實只是卡蒂莉娜所作的夢呢？）

中國古代的莊子講述過類似的故事。

故事的名字是「莊周夢蝶」。

有個男人作了一個夢。

男人在那個世界裡變成一隻蝴蝶，翩然而華麗地飛舞，最後進入了夢鄉。

醒來之後，男人心想——

究竟自己是「蝴蝶所作的夢」，或者單純只是「夢到了蝴蝶」？

莎伯莉娜的內心因無法壓抑的憧憬與嫉妒而倍感折磨。

真正的自己因眷戀而不停祈求的夢——願望，化身成卡蒂莉娜而實現了。

那無憂無慮的笑容，以及洋溢著希望的眼眸，是她終究贏不了的。

那美麗而凜然的靈魂光輝令她感到刺眼，甚至不禁想要伸手遮住雙眼。

這就是莎伯莉娜初遇妹妹卡蒂莉娜時的真實心情。

而現在，自己卻冒名「卡蒂莉娜」，矇騙世人。

坐在鏡台前，仔細端詳自己的臉，試圖正視她罪惡深重的虛偽。

無論再怎麼嘗試將映在鏡中的臉看作是卡蒂莉娜，依舊無法習得她的那份笑容。

憂愁始終在眼眸裡，揮之不去。

「……我無法成為真正的卡蒂莉娜。」

莎伯莉娜打從出生以來第一次，在薄唇勾出了淡淡的唇紅。

「化裝舞會」已經開始了——

＊

卡蒂莉娜・匹斯克拉福特駕駛雙足飛龍出擊的時候，總是穿著優雅的軍服，臉上戴著足以遮掩雙眼的頭盔式白色面罩，並且自稱是「希斯・馬吉斯（第六位侯爵）」。

是「男裝的美人」。

倒也不是因為受到男扮女裝的工程師——魔女的影響，而是為了追求戰場上的性別平等。她覺得這樣倒也不錯。

卡蒂莉娜一邊戴上面具，一邊呢喃般地小聲哼著歌曲。

「Somewhere over the rainbow——」

歌名是〈越過彩虹〉。

每當想要安撫自己的心情時，她習慣哼這首歌。

這首歌是莎伯莉娜教她唱的。

（我去去就回來，莎伯莉娜。）

她在心裡告訴心愛的姊姊。

卡蒂莉娜總是會夢到變成「深閨大小姐」的夢。

性情沉著，嫻淑而美麗，舉手投足落落大方，具備了公主的儀態。

儘管夢中的自己對此感到「沉悶」，但一覺醒來後，她果然還是會對那樣的理想女性形象感到憧憬。

那樣不適合自己，她很有自知之明，卻也曾經嘗試向希洛．唯邀舞。

也曾經模仿姊姊的遣詞用字，與反叛軍進行交涉。

而事後也每次都會陷入自我厭惡。

無論再怎麼做都比不上那位完美的姊姊。

不管是穿上禮服的儀態、內心的善良溫柔、知識的淵博，或是對於音樂、美術、文學的造詣，甚至是手拿華麗而散發幽香的茶杯，享用餅乾的模樣，自己終究是望塵莫及。這些她都很清楚。

這樣的姊姊願意扮演「卡蒂莉娜．匹斯克拉福特」，她對此由衷感激。

而且一部分也是因為內心深處抱持著贖罪的意識。

和再怎麼努力也追趕不上的姊姊有著如出一轍的外表，令她感到十分歉疚。

因此，這身軍裝以及面罩都是她對自己的懲戒。

藉由女扮男裝，來表達對「完美女性」莎伯莉娜的歉意。

一方面基於上述理由，一方面也是要為自己取個新名字，卡蒂莉娜抱著遊戲的心態為自己取了「希斯・馬吉斯」這個稱呼。

其他的後補還有「珊德莉恩（仙杜瑞拉的法語形態）」，但是發音太接近於山克王國的公主，以及其養育之親「德利安」，因此她判斷最好避免以此命名。

馬吉斯的語源來自於法蘭克王國的「邊境侯爵」，相當符合她作為守衛國界線的武將形象。

希斯不是「妹妹：sister」的簡略，而是法語中「5：cinq」的下一個數字「6：six」。

意思就是山克王國（「第五」的王國）所沒有的第六號選項。

日後，米利亞爾特．匹斯克拉福特所自稱的「傑克斯．馬吉斯」，也就是將同樣的「6」由法語的希斯轉變成德語的傑克斯「sechs」，再更進一步將拼音變換成「Zechs」而來的。

希斯．馬吉斯的雙足飛龍從「夏伍德森林」出擊，率領著五輛新型重戰車「傑克南瓜燈」，在國界線上展開了防衛戰。

地點是位在內陸北部的西方，勒拿湖（註：希臘神話中，九頭蛇所居住的沼澤）附近的平原。

由該湖朝向波羅的海注入的河就是國界線。

＊

地球圈統一聯合軍壓根兒不打算遵守停戰條約。

特別是正進行撤退的聯合陸軍，他們並沒有在作戰中落敗。

與聯合海軍相較之下，他們似乎覺得血流得不夠多。

不管列舉出再多冠冕堂皇的理由，戰爭基本上就是存在著憎惡與嫉妒。

為了排解這些因素，就必須至少贏得一次勝利，就算是再小的局地戰也無所謂。

被迫撤退的聯合陸軍裝甲師團指揮官們都是如此期望。

明明實力足以獲勝卻不戰而逃，這樣的屈辱令他們難以忍受。

就在這時，「九頭蛇部隊」傳來報告，說受到了山克王國的追擊。

當然他們立刻就採取行動，將龐大的部隊重新編制後，折返前往救援。

沒有任何戰略目的，就算是被捏造出的牽強理由，只要有可戰的戰場就足以讓他們決定再次開戰。

與此番行動類似的還有被稱為「巴頓的石頭湯」的作戰。

在第二次世界大戰率領戰車軍團的猛將——喬治．巴頓，雖然想要深入進攻敵軍的腹地，高層卻不允許。無可奈何之下，只好先派出了偵察部隊，等到被敵人攻擊後又進一步派出救援隊，漸漸將戰鬥力擴大，最終成功讓全軍攻破了敵軍。

「石頭湯」據說原本是流傳於葡萄牙的民間故事。

故事是這樣的：饑餓的旅人在路邊撿了塊石頭，拜訪某戶人家說：「我有一顆能煮出美味湯頭的石頭，想請你們借我鍋子和水。」那戶人家對此很感興趣，覺得「只是借鍋子和水，倒是不要緊」，便借給他了。結果旅人又說了：「要是有鹽或胡椒的話，會更可口。」那家人也覺得「只是這樣的話沒關係」，而又為他準備。旅人再次如法炮製：「要是有洋蔥或蘿蔔之類的話，就再美味不過了。」就這樣漸漸地增加要求，讓那家人最後連肉都拿了出來，煮成了一鍋真正美味的湯，吃飽喝足之後就離開了。

對聯合陸軍的指揮官們來說，挑起戰事的契機，就算是連高湯都算不上的路邊石頭也已經很足夠了。只要讓對手端出鍋子和菜料持續戰鬥，再來就可以等著品嚐勝利的美味湯餚。他們抱持的就是這樣的想法。

他們打從最初就毫不考慮請求聯合空軍派出航空支援來進行合作。

只要雙足飛龍還裝載著能產生電磁脈衝的「EMP裝置」，航空戰力反而只會招致混亂，成為礙事的存在。

只有大約為數兩百的戰車裝甲師團正逼近國界線。

他們的計畫是首先突破國界，保障了確實的侵攻路線後，再送來步兵部隊。

就算雙足飛龍能高速移動，但只要大量發射高射砲之類的對空兵器，它再怎樣閃避也終究會被擊落——他們如此判斷。

就算對戰車部隊使用「ＥＭＰ裝置」，想當然戰車也不可能墜落。

就算被阻斷通訊而無法採取協力作戰，大不了就依各自的判斷，盡情砲擊。

只要憑數量壓制，就能確實獲勝。

這就是戰場的理論。

指揮官們都認為會贏得很輕鬆。

相較之下，「夏伍德森林」的法外之徒只有相當於對方二十分之一的戰力。

「這樣真的能贏嗎？」

透過量子電腦「沙姆」得知這件事情，麥克·霍華等技術人員透露出不安。

「這個嘛，船到橋頭自然直吧……」

擔任作戰參謀的馬爾提克斯・雷克斯慵懶地如此回答。

「不管怎麼樣，也只能『順其自然』了啊。」

他負責擬定及指揮這次的作戰。

「不過話說回來，我們有『雙頭龍』和『南瓜戰車隊』，一定沒問題啦。嗯，大概。」

實在是很靠不住的回答。

就是因為覺得戰力上有著壓倒性的差距，技術人員們才會問他「沒問題嗎？」結果換來的答覆卻一點也沒能理解他們的詢問意圖。

從那態度，實在很難判斷到底是不是真的有自信。

「哼，有回答像沒回答一樣。」「D・D」嘲諷般地發表感想。

「可是，這麼一來——」看著士兵們坐上自己親手開發的「傑克南瓜燈」，魔女說道：

「不就無法抹除這些上前線之人的不安了嗎？」

「不確定因素有『沙姆』解決，而且操縱它的是那個希斯・馬吉斯。」

馬爾提克斯瞄了士兵們一眼，得意地笑著繼續說：

「剩下的，就端看你們的努力了。」

士兵們個個都發出不平之聲。

這樣的說明，他們實在無法接受。

最年少的青年兵奇克・帕坎抱怨：

「都是因為選了像我這樣的小鬼當砲擊手，所以大家才會擔心。我可是沒有半點實戰經驗啊。」

「你就是這樣滿不在乎地稱自己是『小鬼』，所以才會還是隻小嫩雞(Chick)。多少向希斯・馬吉斯看齊吧？」

「就算年紀相同，但是那個人例外啦。」

馬爾提克斯點頭同意，看著奇克的眼睛。

「這一點我贊成……可是多少高估自己一些也不是壞事啊。你的射擊模擬成績是『夏伍德森林』裡最優秀的喔。」

他笑容溫和地輕拍了拍奇克・帕坎的肩膀。

這名青年在日後，馬爾提克斯當上山克王國的國王時，成為了他優秀的親信；也是在王國滅亡時，陪伴國王身邊，看他嚥下最後一口氣的人物。

此外，之後還成為流亡的德利安家的管家，作為馬爾提克斯的女兒莉莉娜公主的親信，背地支撐復興後的山克王國，面對多舛的命運。

這名男子的人生，不管是卡蒂莉娜也好、馬爾提克斯也好、莉莉娜也好，可以說一路走來都一直被匹斯克拉福特家的人耍得團團轉也不為過。

他一次也沒有抱怨過這是不幸，晚年反倒還述說那是一段充實的歲月。

而這次的出擊，就是替奇克·帕坎的一生拍板定案的最初關鍵。

＊

這是發生在幾個小時前，下午茶會時的事。

出擊前的卡蒂莉娜·匹斯克拉福特正與馬爾提克斯·雷克斯進行縝密的戰前商榷。

他們各自喝著紅茶和咖啡。

聽完他奇特的作戰方針，卡蒂莉娜不禁嫣然失笑。

「聽起來很有趣。」

「聽妳這麼說，我就放心了。我原本還擔心負擔的比重會不會落差太大。」

「這點小事算不了什麼。」

與承受了這整個王國重擔的姊姊相較之下。

自己的使命範圍——地域上的守備範圍雖然廣闊，但絕不是永恆無盡的負擔。

而另一方面，姊姊莎伯莉娜的使命卻是得肩負起沉重又漫長的歷史，今後也必須永遠支撐著王國。

一面想著這些，一面戴上頭盔式的面罩。

「那麼就拜託妳了，卡蒂莉娜。」

「是希斯。」

「啊？」

「從今以後請叫我希斯・馬吉斯。」

馬爾提克斯難以啟齒地問了一句核心問題：

「……妳真的要放棄公主的身分嗎？」

「沒錯！」

希斯．馬吉斯爽快地回答。

「既然這樣——」馬爾提克斯突兀地打算開始告白。

「我對妳抱持著一種實在無法壓抑的想法，能請妳聽聽我的心聲嗎？」

「…………」

希斯以前也隱約察覺到了。

馬爾提克斯從平日的態度乃至於言論都透露出了對她的「好感」。

另外，就以他這次擬定的作戰來說，也同樣灌注了特別的「心思」。

「其實——」直到這句話之前，馬爾提克斯都鼓足了勇氣。

希斯伸出掌心對他示意「ＳＴＯＰ」，打斷了他的話。

「我現在是戰士。若是作戰的建議我洗耳恭聽，否則只會對戰鬥造成妨礙。」

她將男軍裝的衣領重新整理好，繼續說：

「抱歉採取這種冷漠的態度，請將這看成是我『對於覺悟的表示』吧。」

馬爾提克斯行了一禮，特意擺出作戰參謀的神情回答「明白了」。

他雖然對自己所擬定的作戰信心十足，本人卻似乎相當沮喪。

那樣的心情，在他的身上若隱若現。

然後進而轉變成了捉摸不定的曖昧態度，更加使得周遭倍感困惑。

＊

夕陽西下後的勒拿湖西側沿岸，五輛「傑克南瓜燈」排開了陣型。

遲了一會，馬爾提克斯乘坐的作戰指揮車也抵達了。

他立刻集合士兵，在車內進行作戰說明。

擠進了總數十五名士兵的指揮車輛內部，顯得異常狹窄。

所有人都站著聽作戰會議。

在這樣的景象之中，則是由馬爾提克斯的愛犬兼最佳知心者斯培德，最為舒適

地坐鎮在作戰參謀的椅子上。

斯培德比以前長大了很多，已經大到不能再稱牠是小狗了。

馬爾提克斯站在作戰監視器前，撫摸著身旁斯培德的頭，一面逗弄牠，並輕鬆地說明作戰的全貌。

「聯合軍的陣形大致來說分成四個部隊，各五十輛戰車。我想勒拿湖的東側正面大概部署了牽制部隊，後方有涵蓋了遊擊隊在內的主力部隊，勒拿湖的東北及東南兩側則分別部署了打擊部隊。」

所謂的牽制部隊，就是讓我方的主力向前集中，絆住我方行動的部隊。

打擊部隊則是等到牽制部隊在持久戰中削弱我方的主戰力之後，再伺機從兩側進行突擊。

然後遊擊隊則作為預備隊，以優越的機動力支援各個部隊，視情況一口氣穿越我方的主力，完成擾亂後方、阻止增援的補給、封鎖退路等多樣化任務。

馬爾提克斯讓監視器畫面映出橢圓形的勒拿湖，標示出各個部隊。

與此部署陣型相似的，還有隸屬於蘇聯的裝甲師團所構思出的「縱深作戰」。

「嗯，真是相當符合理論的配置。」

似乎是出於他的個人興趣，他將那些部隊模擬成五角形的棋子。

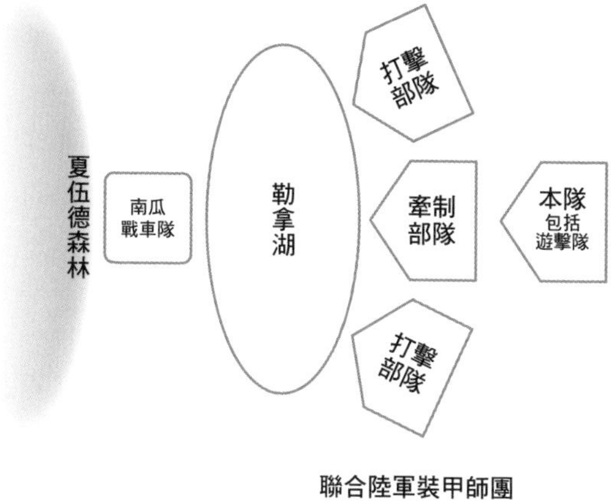

「牽制部隊是『飛車（ROOK）』，打擊部隊是『桂馬（KNIGHT）』，遊擊隊是『龍馬（QUEEN）』，差不多是這樣吧。」

「雖然不太清楚，可是這樣的話，不就已經被逼到走投無路了嗎？」

一名士兵提問。

「沒錯。可是遠東的島國有句諺語：『沒有步兵的棋局，沒有勝算』。」

馬爾提克斯信心十足，並惡作劇眨了一隻眼。

儘管如此，這樣的作戰解說還是完全讓人不得要領。

「考慮到南瓜的戰力，我們這邊不是應該要分散比較好嗎？」

大塊頭的瑟帝奇中士發言道。

他在反叛軍當中也算是身經百戰的勇士，雖然在艦隊戰時沒有發揮的餘地，但在陸戰戰車部隊中卻是最可靠的存在。

而這位瑟帝奇的女兒，就是日後自稱為「阿爾緹蜜斯」，與特列斯率領的「特務部隊」展開一連串死鬥的反叛軍司令官。

「不，那樣不行，會演變成被各別擊破的慘痛教訓，你說是吧？」

馬爾提克斯看著身旁最佳知心者的臉說道。

「汪嗚！」斯培德以鼻子哼聲並點頭。

「再說，實際的戰爭跟西洋棋或將棋不同，可沒有輪流等對手出完一回棋才行動的規則。一旦雙方開始交鋒，就只能傾注全副的戰力直到最後。」

明明就是他自己將部署的陣型模擬成遊戲棋盤，卻還敢說這種話。

讓這種傢伙擔任作戰參謀，真的沒問題嗎？——瑟帝奇中士心裡鐵定是這麼想的吧。

馬爾提克斯看來毫不在意士兵們的感想，繼續說明：

「像這種情況，最好的方式就是集中火力從正面攻破。」

他在橢圓形的勒拿湖西側部署了「傑克南瓜燈」，筆直拉了一條箭頭到對岸的聯合陸軍戰車部隊，然後說：

「首先攻下牽制部隊，然後一口氣進攻主力部隊——將軍（Checkmate）。」

接著大略講解了這近乎奇策的作戰。

「事情真的有可能這麼順利嗎？」

老愛操心的奇克做了最後的質疑。

「這就要靠我們的『勝利女神（希斯・馬吉斯）』大顯身手了。再過幾個小時，她應該就會帶著敵人的大批部隊過來，所以沒什麼好擔心……大概。」

「你多說的這句『大概』才更讓我們擔心。」

馬爾提克斯・雷克斯在這之後也作為一個卓越的作戰參謀，享譽了極高的評價。但據說他的壞習慣，就是語尾最後總會教人陷入不安。

那或許就是從這時候養成的壞習慣也說不定——

AC-146 May 26

過了深夜零點，魔法也沒有解除。

戴上面罩的男裝美人——希斯・馬吉斯按照計畫引誘聯合陸軍的裝甲師團，將他們誘導到映照著美麗滿月的勒拿湖東側。

雙足飛龍在臨近戰車高射砲的射程距離邊緣滑空飛行，儘管會出手挑釁卻不會進行反擊，只是持續著目中無人的飛行。

那樣子的空中遊戲，比起閃耀著白銀光芒的雙頭翼龍，更給人一種絕不肯親近人，性情頑劣的家貓印象。

而當她成功將裝甲師團帶到勒拿湖之後，雙足飛龍突然緊急下降，開始低空飛過湖面上。

一旦射擊的角度壓低，戰車隊的後方就無法開砲。

更別提射程距離越拉越遠，因此不得不放棄砲擊。

雙足飛龍高速繞行著勒拿湖橢圓形的圓周。

駕駛艙裡的希斯看見在西側沿岸待機的重戰車「傑克南瓜燈」。

與對岸的聯合軍戰車隊的距離，僅稍微偏離了有效射程。

這麼一來，就不必擔心會受到對岸的直接攻擊。

「這裡是希斯．馬吉斯！」

按下無線電按鈕，她以充滿俏皮的語氣說：

「久等了，南瓜戰車先生！我把客人帶來參加舞會了！」

沙姆也『喵』了一聲。

馬上就傳來回應。

『這裡是黑桃國王！』

應答的是馬爾提克斯·雷克斯。

結果他使用的代號，是把因為意思象徵國王而讓自己折騰的名字「REX」換置成「KING」，再與愛犬的名字組合。

『明白了，希斯·馬吉斯！請登錄參加自由長曲！』

「包在我身上！一開始先從二圈半艾克索跳、三圈托路普跳、二圈勒茲跳（註：上述均為花式溜冰舞步的術語）進入四圈跳躍可以吧？」

『可以，可是要注意別跳得太高……選曲是天方夜譚嗎？』

「不！是化裝舞會！哈察都量的！」

面具底下的眼神閃閃生輝。

沙姆又『喵。喵。』地叫了兩聲。

「謝謝你，沙姆！我們走囉！」

雙足飛龍來到湖的正中央，朝著映照出美麗滿月的水面降下。

在那個位置停下，以飄浮狀態垂直而立。

那個樣子就宛如在銀盤般的滑冰場上，靜候開始的花式滑冰選手。

剎那的寂靜包覆了整座湖。

湖面反射著月光，如鏡子般冶豔地映照出白色的機體。

那真是一幅奇幻的光景。

聯合戰車隊前排的乘員都不禁屏息。

突然間，從雙足飛龍的外部擴音器流出了音樂。

是一首壯麗的圓舞曲。

同時，雙足飛龍開始如滑行般水平飛過湖面，就這麼大大進行了一段迂迴的助跑，然後上升數十公尺，逆時針迴旋了兩圈。

假若這是一片凍結的湖面，那模樣看起來，無疑就像是花式滑冰的二圈半艾克索跳了吧。

「到底想做什麼……？」

聯合軍戰車隊的乘員們只能如此呢喃。

雙足飛龍打開側推進器，朝外周傾斜，接著以逆時針方向迴旋三圈後跳躍。接下來傾向內周，機體背向觀眾，讓一邊翅膀的翼緣觸及水面。本以為會就這麼直線前進，沒想到又是一次垂直飛跳，順時針迴旋了兩圈。

「難不成……」

聯合軍戰車隊的乘員們之間，慢慢開始有人察覺到了。

雙足飛龍高高地躍起，展現出四圈跳躍的時候，他們才總算搞清楚事態。

「是在把我們當傻子耍嗎？」

後方響起指揮官的怒吼。

『還在發呆看什麼？快點開始砲擊！』

還用不著等候命令，前方幾輛車已經開始砲擊了。

是回敬嘲笑的報復。

在滿腔怒火之下，一齊發動了砲擊。

至今都無法開砲的後方戰車隊接二連三地前進到勒拿湖畔，砲口對著雙足飛龍大肆轟炸。

震天的發砲聲打消了壯麗的樂聲。

爆炸煙霧及濺起的水花覆蓋了周圍，只聽得見發砲後的餘響、爆轟聲以及爆炸聲。

高掛天空的滿月因此罩上一層薄霧，周圍形成薄薄一道彩虹圓弧。

一百五十輛戰車早已沒有牽制部隊或打擊部隊的差別，在湖的東側一字排開，形成奇特的陣形。

在毫無間斷的槍林彈雨中，雙足飛龍操縱著加速、減速、跳躍、迴旋等特技飛行，優雅而華麗地舞蹈兼閃躲。

連一發砲彈都沒被打中。

完全看透了砲擊的節奏。

甚至堪稱戰車最大弱點的「砲塔移動的時間差」也在此表露無遺。

要是標的敏捷地由橫向改往縱向移動，戰車只能遲緩地進行瞄準固定，命中率又將會更加下滑。

日後，向來作為裝甲師團主軸的戰車會被「ＭＳ」這種新兵器奪走主角寶座，理由就在於此。

儘管戰車後來也經過改良，設計出高速瞄準用的雙砲塔型，或者製造出了配有導向飛彈的車輛。但由於車載砲彈數少，運用性和泛用性也遠遠不及「ＭＳ」，最後終究還是無法違背時代的趨勢。

砲擊一齊靜了下來。

戰車隊裡，大約有五十輛用盡了砲彈。

那些車輛接獲指示，緊急與後方的遊擊隊交替。

中斷的砲火給了雙足飛龍開溜的機會。

而為了狙擊低空飛行的目標，當然就只能前進到湖畔不可。

等到爆炸的煙塵散去之後才再次砲擊，這是他們接到的命令。

要是胡亂射擊，打不中就沒意義了。

無論如何都要避免再有車輛把砲彈用盡。

勒拿湖恢復寂靜。

仔細聆聽，或許還能聽見雙足飛龍所發出的噴射音，以及那令人煩躁的樂曲。

戰車的乘員們都如此期待。

可是他們卻只聽見後方遊擊隊車輛與前線交替時發出的履帶聲響，以及臨近的戰車引擎聲。

有的人心生不好的預感。

也有人感覺到背脊流下冷汗。

一陣風吹拂過湖面，爆炸的煙塵豁然消散。

到處都不見雙足飛龍的蹤影。

滿月旁邊還掛著「月虹」。

自那光芒中傳來一道聲音。

『各位，對於你們今日前來參加化裝舞會，我致上由衷的感謝。』

雙足飛龍不知何時已遙遙凌駕高空。

『接著將為大家送上閉幕的終曲。』

寧靜而柔和的聲音，彷彿是在邀人進入夢中世界。

戴面罩的男裝美人——希斯・馬吉斯對沙姆說：

「再來就看我表現了是吧……」

『喵。』

「不要緊的，別擔心。」

希斯開始唱歌。

『Somewhere over the rainbow——』

是〈越過彩虹〉。

那優美的歌聲雖然只是本人唱來安撫自身情緒，但對於聯合陸軍的裝甲師團而言，卻成了令人畏懼十足、妖異而毛骨悚然的魔之旋律。

雙足飛龍伸出機械手臂，將附在前端的光劍長長地伸出。

緊接著急速下降，飛向羅列在勒拿湖東岸的一百五十輛戰車。

『這次不許再射偏！給我仔細瞄準！』

裝甲師團的指揮官對全體下令。

乘員們全都心想，大概又會是那種無規律的飛行了吧。

指揮官估計對方的目的八成是「讓戰車耗盡彈藥」。

但那是個很嚴重的判斷失誤。

「仔細瞄準」成了致命性的指令。

讓他們錯失了唯一可能獲勝的千載難逢機會。

雙足飛龍雖然急速下降，卻突然切換成水平飛行，開始像在描繪巨大的橢圓般，一圈圈地逆時針迴旋。

等到高度下降到與戰車齊平時——

由湖的南側開始，一字排開的戰車隊接二連三地被光劍斬斷了砲塔。

一百五十座砲塔僅在數十秒之間，全被一刀兩斷。

雙足飛龍動作輕盈，宛如曲目終了時，花式滑冰選手繞行滑冰場的最外圍接受獻花一般。

砲塔被斬斷的切口由於光劍的高溫而扭曲變形，開砲的瞬間將會致使車輛本身從內部爆炸。

為了避免這種後果，自動上鎖啟動，戰車隊一瞬間陷入沉默。

馬爾提克斯的目的就在於此。

同樣是戰爭，與其搞得渾身臭泥，不如弄得富麗堂皇一些——他在作戰開始前這樣告訴希斯·馬吉斯。

富麗堂皇的戰爭——秉持這種概念的人物，這個馬爾提克斯·雷克斯恐怕是人類史上頭一位吧。

可以說是奇計。雙足飛龍那出奇制勝的飛行，就是為了藉由斬斷這些砲塔而將對手逼入無法戰鬥狀態的前置工作。

作戰執行上唯一的隱憂就是希斯和雙足飛龍可能會中彈，但她卻憑著機動力與靈敏性漂亮地克服了這一點。

實際上有一件小插曲——當時親眼目睹雙足飛龍機動性的一部分士兵，在時隔數十年之後當上兵器開發的管理階級，協助製造出了最初的ＭＳ「托爾吉斯」。

那樣的光景讓他們徹底體會到自己的無力，深深地烙印在他們的腦海裡。

沒過多久，五輛「傑克南瓜燈」的戰車隊從勒拿湖的水中出現。

這些重戰車的其中一項特殊性能就是水陸兩用。

『喂——喂——麥克風測試，前方的十五輛戰車隊，請你們盡速下車。』

從帶頭車輛的外部擴音器傳出奇克．帕坎的聲音。

『我們將要直線前進，因此必須請你們讓出走道。』

悠哉的語氣，完全讓人感覺不出惡意。

儘管如此，一輛仍抱有強烈恨意的聯合軍戰車，在近距離下對著聲音的方向發動了機關槍射擊。

但「傑克南瓜燈」的厚重裝甲對此完全無動於衷。

這些重戰車的另一項特性，就是使用融入了鈦合金的特殊裝甲。

針對這項舉動，奇克．帕坎沒有多加責備，只是語氣平淡地警告：

『呃——那麼為了縮減時間，現在起我們將開始進行砲擊。畢竟只要還活著就有希望，所以請你們快去避難吧。』

就算聽見這麼說，一時之間還是沒有半個聯合軍士兵走下戰車。

『很好，就知道會是這樣。那麼就只好實際演示給你們看了，你們之後再自行判斷——』

五輛「傑克南瓜燈」戰車的砲塔掉頭一百八十度轉往相反方向。

接著便朝湖的對岸一齊開砲。

威力相當驚人。

超高速迴旋的五條砲彈軌跡捲起了湖面的水，形成粗壯水柱，劃出一道道銳氣逼人的龍捲風突飛猛進。

那些與其說是砲彈，不如說更像是火箭砲。

砲彈以非比尋常的有效射程距離抵達對岸，引發了驚人的大爆炸，徹底展現出破壞力。

換言之，這些新型的重戰車打從一開始就可以先發制人。

雖然可以，卻沒有攻擊。

這項事實對聯合軍方來說是酷烈的批判，讓他們深刻體會到自身無力所帶來的挫敗感。

五輛「傑克南瓜燈」的戰車砲塔再度掉回原來的位置。

從外部擴音器再次響起奇克．帕坎柔和的聲音。

『抱歉驚動各位了。你們都看到了吧？那麼請在九百秒以內離開戰車。』

他給了十五分鐘的猶豫時間。

但用不著那麼多時間。

聯合軍的士兵們立刻就打開戰車艙門，開始下車，倉皇地逃離。

而且不僅是前方的十五輛戰車，左右各二十輛的乘員們也都逃了出來。

對他們而言，「傑克南瓜燈」的破壞力是無比的威脅。

被調侃為「南瓜戰車隊」的五輛戰車，將布陣於前方的戰車以砲擊破壞得粉

碎，然後駛向後方殘存的主力部隊。

勝負已定。

主力部隊的五十輛戰車隊的砲塔雖然完好如初，但早已彈盡援絕。

雙足飛龍自上空緩緩降下，機身對比清晰的明暗，在其閃耀的光輝下更顯得分明。

聯合陸軍投降了。

這是史無前例的完美勝利。

敵我雙方都無人傷亡。

富麗堂皇的戰爭就此回收了成果。

駕駛艙裡，希斯·馬吉斯摘下面罩。

長髮稍微濡濕了。

是因為清爽的汗水所致。

「我們成功了，沙姆……」

『喵。』

「辛苦了……」

『喵。喵。』

沙姆聲聲叫喚，像是在慰勞暫時恢復為卡蒂莉娜的少女——

＊

在山克王國，克修里納達家的別館，希洛·唯正被迫照料貓咪沙姆。

「喵。喵。」

「唉……」

時間回溯到一個小時前——

莎伯莉娜三更半夜突然把他找來，將沙姆塞給了他。

「為什麼是我？」

「因為我希望老師能保持您原本的樣子。」

她並沒有說出什麼具體的像樣理由。

只不過，希洛發現到莎伯莉娜的臉上畫了淡妝。這樣的舉動令他感覺到，莎伯莉娜似乎正「深為某件事所苦」。

「比起與匹斯克拉福特同進退，我更希望希洛老師能走自己的道路。」

她的眼眸裡充滿了悲傷。

希洛不再多說什麼，和沙姆默默走在夜路上。

現在的他已無須再擔心殺手了。

只要還待在這個山克王國，安全似乎就有保障。

這要歸功於停戰條約的締結。

起初他也考慮過去投靠威利茲侯爵的府邸。但由於距離遙遠，所以結果還是把沙姆帶到他寄居的桑肯特家。

希洛的個性，就是會如實完成接下的工作。

因此他拚了命地認真討好沙姆。

可是對付這隻不老實的貓，附有色彩鮮豔毛皮或羽毛的逗貓玩具一點都派不上用場。

任性又不滿的沙姆非但對那些不感興趣，甚至連看都不看一眼。

「你這樣是不對的！」

「喵。」

「既然你是隻貓，那不管你是功利主義者或結果主義者都不是問題。」

「喵……」

「能夠靠理性克制本能的就只有人類，而且動物追求滿足與快樂的自由，和人類決定自身意志的自由，兩者完全不同！」

「呼喵～～」沙姆打了個大呵欠。

在一旁聽著希洛和沙姆的對話，桑肯特．克修里納達揶揄地插嘴道：

「沒想到聰明如你，竟會對區區一隻貓感到棘手，實在教人感嘆。連我都開始覺得可悲了。」

「那不然你來代替我。我從小就不適合照顧動物。」

「很遺憾，我和你不一樣，不會說貓語。」

「我還不是一樣——」話才到嘴邊，他就停住了。

桑肯特無疑是在把自己耍著玩。

於是希洛改變話題：

「話說回來，我聽說提供資金給夏伍德森林的人是你？」

「哦？真是吃驚。是莎伯莉娜公主告訴你的嗎？」

「是真的嗎？」

桑肯特臉不紅氣不喘地說：

「正是我們克修里納達家出資，這可是無上的光榮。」

「為何這麼做？」

「這是為了讓紛爭從地球上消失的抑制力……她們兩人握有對抗地球圈統一聯合軍的唯一力量。」

「為了最多人數的幸福，因而選擇犧牲少數？」

「這是她們自身的意志，是她們期望下的行為。況且這樣的行為具備了道德上的價值。既然動機及目的是為了追求和平，我覺得就沒有任何問題。應該就連伊曼努爾．康德也沒辦法去否定這一連串的行為。」

的確，康德也認同由民兵基於「義務性的道德」與「崇高的目的」所組成的自衛常備軍。

「但卡蒂莉娜是在欺騙自己。我不希望自己的學生再繼續受苦。」

「關於這一點我同意。但是還有誰能夠代替她？像我這種人是不可能的，而你也同樣辦不到吧？」

沙姆在長椅子上伸展著前後四肢，毫無防備地露出肚子，然後就維持這樣的姿勢昏昏欲睡。

桑肯特繼續說：

「山克王國的公主們要對抗的不是聯合軍，而是這個時代。又或者是賦予在她們身上的命運。」

「我不認為莎伯莉娜和卡蒂莉娜能一概而論。」

「原來如此……你覺得是哪裡不一樣？」

「她們針對時空向量的思考方式完全相反。莎伯莉娜針對空間軸持悲觀論，針對於時間軸則是樂觀主義者。」

沙姆的眼睛雖然閉著，但豎起了耳朵。大概是對莎伯莉娜的名字起了反應。

「另一方面，卡蒂莉娜就空間而言抱持著樂觀態度，就時間而言卻是悲觀。」

「太棒了，在我聽起來，這就像是貓語一樣。」

「…………」

希洛思考著該選擇哪些字眼。

若要比喻的話，大概就像是「農耕之民」和「狩獵之民」之間的差異吧。

「農耕之民」總是會憂心眼前的土地，害怕刮風下雨或者烈日。即便如此，卻深信種子總有一天會萌芽，然後開花結果。

「狩獵之民」認為一直守在原地，獵物也不會出現，因此想要越過山去到另一頭，深信一定能在那裡發現新的獵物。就算沒有，那大不了就再翻過下一座山。

兩者都既是樂觀卻也是悲觀。

希洛本想這樣子說明，桑肯特卻似乎從他的表情看出那心思，搶先制止了他。

「啊，補充說明就不必了……重點就是，她們兩人是『各自以不同的形式』在戰鬥，這樣解釋對吧？」

「……對此我沒有異議。」

「那麼我問你，你的戰鬥何時才要開始？就這層意義來說，她們兩位比你要來得更堅強、更勇敢。」

「我的戰鬥？」

「人類永遠都在和『某種存在』戰鬥。我指的不完全等同殺伐。」

沙姆翻了個身子。

（自己的戰鬥……自己的生存方式……）

希洛不斷反芻著桑肯特的質問。

然後回想莎伯莉娜所說的話——希望希洛老師能走自己的道路。

「或許真是這樣……對於戰爭繼續否定下去，也是一種戰鬥。」

「而我也打算要前往我的戰場了……我永遠的朋友啊，你能夠找出屬於自己的戰場了嗎？」

希洛抬起頭，回以澄澈的眼神。

「嗯……似乎總算能夠看清了。」

「那就好。貓語就等你從戰場歸來之後，再慢慢學就好……」

沙姆安穩地熟睡著。

希洛和桑肯特的對話到此告一段落。

等到兩人再度重逢時已成了彼此的敵人，而這又是日後的事了。

另外，這位桑肯特的女兒安潔莉娜與希洛．唯的外甥艾因結婚，誕生了「推動歷史的英雄」特列斯．克修里納達，不過在此就暫不多說了——

＊

艾瑞克．夏葛德接受莎伯莉娜．匹斯克拉福特的招待，來到山克王城。

說是有緊急要事。

「抱歉在這種深夜打擾……但有件事，我無論如何都想告訴艾瑞克先生。」

「沙姆睡了嗎？得像往常一樣跟牠打個招呼。」

沙姆十分親近艾瑞克，他們習慣磨蹭彼此的鼻尖當作是招呼。

「我請希洛老師暫時照顧了。因為是非常重要的事，所以不希望被打擾。」

「是嗎……」

雖然覺得可惜，但艾瑞克更好奇究竟是什麼「重要的事」，讓莎伯莉娜甚至託人照顧沙姆。

在艾瑞克的印象當中，曾經重要到如此地步的事，就只有和聯合軍締結「停戰條約」的那個時期了。

莎伯莉娜看上去愁眉不展。

「發生了什麼事嗎？」

「其實是……」話才說出口，卻又似乎難以啟齒。

看來事情非比尋常，艾瑞克心想。

於是他神情嚴肅地提問：

「不介意的話，任何事情都可以和我商量。」

「是……」

她的眼眸濕潤。

「父親和母親……」

才光聽到這裡，艾瑞克馬上就心裡有譜。

莎伯莉娜和卡蒂莉娜的雙親，近日以來一直都臥病在床。

漫長的俘虜生活，對衰老的身體造成了窒礙。

即便山克王國恢復了王政，他們卻一次也沒有在國民面前露面。

根據醫生的說法，他們只能再撐一些時日了。莎伯莉娜哽咽地表示。

「請別的醫生來看看吧。雖然這樣說很失禮，但這個國家的醫療水平比起其他國家還要落後一個層級。」

「好的……謝謝你。」

艾瑞克立刻就聯絡自己的祕書去安排最優秀的醫生。

「艾瑞克先生，請聽我說……」

「什麼事？」

「我覺得自己是時候該下定決心了。」

「決心？不，不必擔心，您的父母一定會得救的。」

「不是那樣。是我作為『卡蒂莉娜．匹斯克拉福特』繼承王位的決心。」

「這樣啊……這是很偉大的──」

艾瑞克話說到一半就頓住了。

莎伯莉娜閉上眼，艾瑞克發現她的眼簾抹著淡桃紅色的眼影，微微閃耀著珍珠色的光澤。

（她不只是個少女，而已經是個女人了啊……）

遲鈍的艾瑞克到現在才注意到莎伯莉娜的淡妝。

莎伯莉娜睜開眼睛，眼神堅定地直視艾瑞克。

「所以我有件事情想拜託你。」

「請儘管說……只要是我能力所及之事，儘管開口。」

他已經重覆過無數次這句話了，而在此又覆述了一遍。

「請你和我結婚。」

艾瑞克起先沒有聽懂她說了什麼。

這名單身男子至今從未聽人對他說過這樣的話語。

不，他也覺得這是自己總有一天要對別人說的話。

但這句話卻從莎伯莉娜口中對他說出來，遠遠超出了他的預料範圍。

「啊……什麼？」

他只能做出回問的反應。

莎伯莉娜相當認真，眼角甚至還噙著淚。

「請你和我結婚……只有我一個人的話，實在沒辦法肩負起這個國家，請你助我一臂之力。」

「不……不是，請等一下！若是經濟層面的後援，要多少我都可以幫忙。但是……那個，結……結婚這種事……」

艾瑞克亂了方寸。

「再說，妳還很年輕……」

「就如你所說，像我這樣的小丫頭，你一定也會不滿吧。而且我也有自覺，自己對你的愛還不夠……但是我會長大，而愛也是可以於結婚後再培養。」

「妳……不愛我嗎？」

「是的……很抱歉。」

總覺得有些可悲。

但是他想要誠實面對這雙令人憐愛的眼眸。

「明白了。我們結婚吧。」

艾瑞克在莎伯莉娜的面前單膝跪下，平靜地繼續說：

「但是，請至少由我來求婚……」

他執起莎伯莉娜的左手，在手背上溫柔地一吻。

莎伯莉娜臉上的憂愁消失了。

「請妳和我結婚。」

說著並摸索自己的口袋，接著佯裝在莎伯莉娜的無名指戴上訂婚戒指的動作。

「請……」

「……是看不見的戒指嗎？」

「不，是只有聰明的人才看得見的國王戒指。」

莎伯莉娜拭去就快流下的欣喜之淚，輕笑著說：

「我要當的可是女王喔。」

艾瑞克緩緩站起，溫柔地將心愛的未來女王摟進懷裡。

「我知道。」

他將自己的嘴唇，輕輕地疊在莎伯莉娜塗了淡淡口紅的薄唇上——

匹斯克拉福特檔案6

「所謂和平，乃是一切的敵意歸至終結的狀態。」

伊曼努爾·康德
取自《論永久和平》

AC-147 SPRING

莎伯莉娜·匹斯克拉福特戀愛了。
對象是去年六月結婚的夫婿艾瑞克。

可是她還沒有將這樣的心情誠實地說出來。

因為在求婚的時候說了「或許愛還不夠」這種話，所以若要由自己主動表達真正的心意，讓她感到實在很害羞。

莎伯莉娜在雙親去世之後，以「卡蒂莉娜」之名繼承了匹斯克拉福特王家而成為女王。

加冕儀式的同時，她宣布了與艾瑞克·夏葛德的婚事。

許多人都認為這是政策結婚。

山克王國雖然清償了對地球圈統一聯合軍的賠款，但是國內的戰災補償及戰後復興的費用，只能求助於國外的經濟救援。

但是沒有半個國家給予回應。

負債金額在高額利息下飆漲。

這個國家的財政已幾乎瀕臨破產。

因此這件婚事圖的就是讓羅姆斐拉財團的中樞——夏葛德家來施援救助。任誰都是這麼猜測。

然而實際上，山克王國並沒有動用到夏葛德家的資產。

因為根據艾瑞克亡父的遺言，只有在他籍歸夏葛德家時，才能有效繼承夏葛德家的莫大財產。

若是入贅山克王國的話，全數財產就必須轉讓給唯一的血親——比爾・麥斯威爾。

那位比爾是夏葛德的遠親，在宇宙殖民地經營教會，為貧窮之人獻身服務。

而且還是在移居了最多的民族，貧困嚴重蔓延的L-2殖民地群當中的「V-08744」。

夏葛德家的全數資產，無疑將會在虔誠的博愛精神，以及殖民地「財富再分配」的風氣之下煙消雲散。

當然，艾瑞克在結婚之前已經說明過這件事了。

聽了他的話，莎伯莉娜只是笑著回答：

「如果是為了貧困的人們，那這就是一件非常值得欣喜的事。還有請不必為了金錢因素而擔心，因為吸引我的是艾瑞克先生的人品。」

兩人的婚禮以身為王族及前大富豪來說，實在是非常簡樸。

說不定先王的葬禮還遠較為氣派。

出席來賓也僅限少數的相關人士，也沒有宴客，只有在教堂舉行儀式而已。

只不過，這樣的樸素光景更加彰顯出了女王與夫婿即便貧窮，將來也願意彼此扶持，令人動容的姿態。

而國民們也接受他們如此節儉的習性。

兩人的婚姻生活被埋沒於繁忙的公務之中。

莎伯莉娜抱著誠意與熱忱，恢復了山克王國與鄰近各國原本膠著的外交，也修復了與地球圈統一聯合國家的關係。

艾瑞克徹底活用了至今以來所累積的經濟手腕，重振匹斯克拉福特家的財政。

山克王國能作為獨立的國家，在不到一年的期間成功達到復興，就是兩人如此奔波努力的成果。

當然巨額的債款尚未清償。

可是困境已經減輕到能讓人看見一絲曙光的程度。只要不鋪張奢侈就能過安定的生活，只要不被災害或戰爭波及，債款就總有一天能夠還清。

自然地，貧富差距也消失了。

「幸福」的標準因個人感覺而異。

所以或許最大的受害者——山克王國的國民們不認為這樣的狀態是「幸福」也說不定。

即便如此，卻也沒有人抱怨過匹斯克拉福特家的莎伯莉娜與艾瑞克。

看到這麼努力的兩人，只能讓人內心湧現對他們的認同。

有幾件「幸運之事」造訪了山克王國。

與地球圈統一聯合軍書面上簽訂的停戰條約，至今原本只徒具形式，但如今總算呈現出效果。部署在國界的聯合軍前線部隊也都完成了撤退。

就某種層面來說，地球上的紛爭總算在這個時期停擺，迎來暫時性的和平。

於是乎，「夏伍德森林」以希斯．馬吉斯為首的法外之徒，也總算從長期的防衛戰中獲得了解放。

希斯摘下面罩、褪去軍裝。雖然還是得戴上假眼鏡或墨鏡隱藏真正樣貌，但至少恢復了一名少女——卡蒂莉娜．德利安的身分。

有時也會來到山克王國的大街上購物。

而她一定會在回程時繞去山克王城。

當然沒辦法進到城內。

卡蒂莉娜帶著一小束花束。

〈致卡蒂莉娜女王，感謝您拯救了我們。　「希斯」〉——

——附了像這樣的留言，將花束交給城門守衛。

對於以她的名字承攬了女王這種艱辛職務的姊姊，傾注了感謝的心意。

之後從貼身侍女手中接過這些東西，莎伯莉娜馬上就淚流滿面。

「不，該道謝的是我……」

她一面哽咽著，一面感謝為了守護國家而親赴戰場的妹妹。

「拯救山克王國的是妳才對……謝謝妳，希斯．馬吉斯。」

這個時候的莎伯莉娜，肚子裡已有了新生命。她已經懷孕三個月了。

根據醫生的診斷，胎兒成長得很順利。

莎伯莉娜雖然迫不及待想跟艾瑞克報告，但心愛的丈夫由於事務繁忙，實在沒有機會說這件事。

當晚兩人難得能單獨共寢，但是艾瑞克一倒上床就立刻深深熟睡了。

莎伯莉娜很喜歡艾瑞克的睡臉。

充滿著溫柔及安詳。

睡著時天真無邪的氣息，讓她感覺不出兩人之間有著十五歲的年齡差距。

莎伯莉娜露出微笑，一直凝視著丈夫的睡臉。

在他的腳邊，挪威森林貓沙姆也正蜷縮成一團熟睡。

這陣子的沙姆比起莎伯莉娜，更喜歡黏著艾瑞克。

不知過了幾個小時，艾瑞克突然醒了。

他注意到莎伯莉娜溫暖的視線。

「……睡不著嗎？」

「不是，是不想睡。」

「為什麼呢？」

「因為想要永遠感受這份幸福。」

艾瑞克睜著惺忪的睡眼，坐起上半身，摟住莎伯莉娜嬌小的肩膀。

「請放心，陛下的幸福，就算睡著了也會永遠持續。」

聽了這句話的莎伯莉娜點點頭，告訴丈夫自己懷孕的事。

艾瑞克清醒地睜大眼睛，露出滿面笑容。

「難怪最近事情都進行得很順利，原來是因為有好『孕』氣。」

「咦？」

「我年輕時常聽鄉下的賭友說，有一種魔咒是：『孕婦會喚來好運』。大概因為是世界上最必須珍惜呵護的存在，所以才流傳了這樣的說法吧。」

「這樣啊……」

「可是既然同一個時期在同樣地方發生了兩人份的幸運，能引發那樣的奇蹟，也就沒什麼好不可思議的了。」

莎伯莉娜點頭。

並且對於他所選擇的話語感到了無法言喻的安心。
沙姆打了一個大呵欠，然後「喵」了一聲。
在場者都感受著各自的幸福。
不過莎伯莉娜還是沒有將自己的愛慕之心告訴艾瑞克——

*

眼前是一望無際的廢墟。
由於殖民衛星的天候系統故障，細雨漫無止境地下著。
在這樣冰冷的雨中，他——希洛．唯正苦於無法救贖的絕望。
雖然身穿雨衣，身心卻都已徹底濕透。
多虧從頭髮滴下的水珠，讓他連擦拭淚水的麻煩都省了。
「這種事情，究竟還要持續到何時？」
不是在對誰發問，而是自言自語。

不可能找得到答案。

明明還是個青年，但他的青春卻早就結束了。即便如此，自己永遠還是這麼不成熟，令他深感厭惡。

「老師……」

他教的高中學生坎斯・卡蘭特蹣跚地走在瓦礫堆中，來到他身旁。

「實在沒辦法接近使節團太空艙的墜毀現場。」

「是嗎。」

希洛和坎斯抵達此地時，居民已完成避難了。但是若要復興這座化成廢墟的殖民衛星，無疑需要花上一段極為漫長的時間。

受害的規模就是如此龐大。

第二次地球使節團的太空梭墜落在這座殖民衛星的太空港的支柱部位，結果引發驚人爆炸。之後，連鎖反應造成大地震，讓這四周圍成了令人心痛的殘垣敗壁。

想當然，太空艙墜落的中心點，其毀壞狀況更加目不忍睹。

坎斯咂舌說道：

「可惡，地球那幫傢伙，是打算將這些全捏造成我們的所作所為吧……」

「嗯……大概吧。」

希洛豎起大衣的衣領，準備離開廢墟。

「抱歉，坎斯，剩下的麻煩你了。」

「您要去哪裡？」

「去憲兵隊那裡露面。」

「請等一下！那些傢伙的手法不是顯而易見嗎？不管我們再怎麼主張無辜，他們也會自行捏造出證據和證言啊！」

「我知道。但光是逃跑，沒辦法解決任何事吧？」

實際上的問題，是希洛．唯打算對第二次地球使節團申訴殖民地的困境。

沒有經過正式的步驟。他原本是打算突然闖進使節團的歡迎典禮，逼對方承認殖民地人民是「應受到尊重的獨立個體」。

「無論結果如何，至少我想告訴他們，我們是抱持著有價值的動機。」

當時他是這麼想的。

「必須在這裡的慘事化為過往雲煙之前做這件事才行……」

這是為了實踐所謂「普遍主義的道德理論」，而一方面也是因為他想要「探究」與「證明」自身學識的動機相當強烈。

希洛在L-1殖民衛星的戰鬥才剛開始——

AC-147 November

這月的二十七日，匹斯克拉福特家誕生了公主。

生產意外地順利。

莎伯莉娜將心愛的女兒命名為「卡緹莉娜」。

想讓女兒繼承她由衷感謝的妹妹之名。

而這個生日，也正好是兩年前卡蒂莉娜突破大氣層，對占據山克王國的反叛軍呼籲王政復興的日子。

＊

同一天，有一艘太空梭穿過大氣層，由地球飛向了宇宙。

那艘太空梭上搭乘著卡蒂莉娜和馬爾提克斯。

「這是我第二次前往宇宙，不過第一次的時候還是個嬰兒，已經沒有印象了，所以這就像是第一次呢。」

過去夢想著穿上太空服的卡蒂莉娜久違地體驗著無重力，對坐在隔壁的馬爾提克斯說道。

「可是這種從地心引力解放的感覺，真是棒透了。」

「我是有在訓練時體驗過好幾次，可是到現在還是沒辦法習慣。」

馬爾提克斯鐵青著臉，勉強壓下想作嘔的感覺回答。

「我果然還是比較適合地勤的工作。讓斯培德代替我陪妳來，搞不好會更有用處。」

卡蒂莉娜側眼看著半自暴自棄的馬爾提克斯，不禁輕笑出聲。

兩人正在前往連結地球和殖民地的資源輸送用中繼站。

「夏伍德森林」的同伴們正在那裡等候他們。

他們這些法外之徒離開了暫時維持和平的「地球」，將據點轉移到遲早可能化為紛爭地區的「宇宙」。

——地球的火種將會延燒到宇宙——

這是「ＡＩ・沙姆」依據目前的資料，從綜合方向判斷出的未來預測。

它的程式系統有著特殊的目的。

「終結紛爭」與「杜絕戰爭」。

這是深受熱愛和平的莎伯莉娜影響。

此外也反映了企求和平卻已辭世的開發者——湯瑪斯・卡蘭特的遺志。

當然是可以無視它的這些目的，然而法外之徒們也贊同「ＡＩ・沙姆」的和平志向，因此飛向宇宙。

希斯・馬吉斯摘下面罩之後，雙足飛龍就託付給法外之徒們保管了。

祈望卡蒂莉娜作為一名少女獲得幸福的「AI．沙姆」，並不認同她的同伴。

雖然它自己很寂寞，但明白卡蒂莉娜更加寂寞。

「不知道沙姆過得好不好？」

「過得可好了，技術人員們可是很疼愛它呢。」

麥克．霍華、「D．D（Diamond Desperado）」以及魔女三人並不把雙足飛龍當成是單純的戰鬥機。此外，也不把「AI．沙姆」視為系統程式上的「貓」，而似乎是站在對等的立場將它視為難能可貴的好朋友。

若是想讓雙足飛龍變回宇宙用，那麼他們就考慮進一步改良；若是「AI．沙姆」覺得有必要長距離移動，那麼就致力研究如何打造出能加以實現的輸送艇。

而他們現在正前往的中繼站，在那裡待機的已經是改良好的雙足飛龍，搭載它的長距離移動用，巡洋艦級的宇宙巡洋艦也已經建造好了。

卡蒂莉娜就是被叫來試飛的。

「會不會其實比起我來，沙姆更喜歡他們啊？」

看了擔心的卡蒂莉娜一眼，馬爾提克斯開玩笑地說：

「搞不好喔。人家說『貓只要過了三天，就會忘了飼主的臉』。」

「是嗎？我第一次聽說耶。」

「是遠東的島國流傳的說法，似乎不太可靠。」

「還真是隨便耶，馬爾提克斯。」

「誰教妳剛才笑我臉色蒼白，這是回敬妳。」

卡蒂莉娜的表情還是很不滿。

「如果是沙姆的話，一定不要緊啦。」

就卡蒂莉娜對於雙足飛龍的操作，不管是再怎麼優秀的駕駛員，都不可能有人能出其右。

其他人實在沒辦法徹底發揮出它原本的機體性能。

機體會挑選駕駛員，這對名機來說是常有的事。

不過更重要的是，「ＡＩ・沙姆」真正的感情對其他駕駛員來說，在操控上無疑是多餘的介入。

那沒辦法簡單地歸因於怕生，很明顯就是產生了邏輯上的矛盾。

是一種明明想讓少女遠離戰場，卻又需要卡蒂莉娜這名優秀駕駛員的心理。
沙姆就是如此喜歡她。
其實這樣的話，本來應該要把系統程式換掉才對。
可是技術人員們尊重「ＡＩ．沙姆」這樣的個性，所以特意沒有換掉。
他們雖然猶豫，但還是把卡蒂莉娜叫來宇宙，選擇讓她擔任試飛的駕駛員。

＊

中繼宇宙站眼看就快到了。突然間，一艘巨大的艦影擋住了太空梭的去路。
打開通訊線路，果不其然，那是載著法外之徒們，名為「夏伍德森林」的宇宙巡洋艦。
這艘船艦是由麥克．霍華與「Ｄ．Ｄ」所開發設計，也是反叛軍最初的宇宙巡洋艦。
他們接受桑肯特．克修里納達的資金援助，在屬於羅姆斐拉財團的資源開發衛星的祕密工廠完成了這艘船艦。

『事態緊急！必須立即出動才行！』

螢幕才剛跳出畫面，副操縱士帕坎就如此叫道。

『太空梭請由後方艙門登艦！我們要直接出發前往L-1殖民衛星！』

馬爾提克斯他們依照指示由後方艙門登艦，馬上趕往艦橋。

然後從麥克等技術人員口中聽說了何謂「緊急事態」。

近幾年來，殖民地的居民們都處於可說是恐怖政治的支配體制之下。

特別是L-1殖民地群。地球圈統一聯合對他們施行媒體管制、言論統治，禁止集會及遊行等思想打壓，單方面地壓榨勞動階級。

大約在半年前發生了一起事件，第二次地球使節團的太空梭在即將抵達L-1殖民地群時爆炸，墜毀於C-03388殖民衛星。

這起事件被斷定為恐怖分子所為。由於事後主謀者出面自首，因此便緊急加以逮捕。

主謀者的名字是「希洛．唯」。

經過了正規的法定程序，包含他在內的十幾位政治犯已決定將公開處刑，而施刑地點則是在統一聯合軍，月面基地內的強制勞動工廠。

實施日期是在ＡＣ１４７年十二月一日，殖民地標準時間午後十二點整。

然而由於媒體管制，因此這件事並未對外公開。

直到剛才經由「ＡＩ．沙姆」的狀況預測，以及技術人員駭出了情報，才終於得知。

「希洛老師……！」

卡蒂莉娜不禁大叫。

馬爾提克斯和技術人員們也都知道希洛．唯這個存在，他是曾與匹斯克拉福特共同行動的人。

這艘巡洋艦駛達月球需要花上兩天。

必須盡快才行。

「立刻開始救援作戰。」

馬爾提克斯冷靜地說：

「這件差事，只有我們才辦得到。」

AC-147 December 01

位於月球表面「寧靜海」的地球圈統一聯合軍宇宙基地，是在ＡＣ１３３年設立的。

那裡在上一個世紀，原本只是太空船阿波羅11號曾經登陸，類似紀念碑的一個地點。

可是自從開始建造殖民衛星之後，各種生產工廠開始逐漸密集，成為軍事要地之後更是截然轉變成了前線防衛基地。在１３３年聯合軍設立的同時被接收，目前正作為宇宙最大的軍事基地而運作著。

對聯合宇宙軍來說，是監視、戒備L－1與L－2殖民衛星的重要據點。

但以對象是不具像樣軍事力的殖民地來說卻是過度的武裝，這也是無法否定的事實。

這一天將要處刑的政治犯，以希洛．唯為首，以下還有杰伊．努爾、亨利．菲爾、吳王龍等，共十二名。

雖說是公開處刑，但其實只是打算將錄下的畫面加以剪輯，日後再發布給傳播媒體。

一開始就沒有打算做衛星實況轉播。

萬一讓他們在處刑前一刻做了些喊話，光是這樣就足以讓處刑喪失政治宣傳的意義。

聯合軍公關部一般都會進行這類的竄改，藉此來打壓恐怖分子。

雖說是政治犯，但除了希洛，其他幾乎都是在殖民衛星內開發兵器的技術人員。不但同時有著其他罪狀，而且還有前科。

特別是杰伊，他反聯合的意志非常強烈，曾經製造遠端操作型的宇宙戰鬥機，對聯合軍基地發動攻擊。

那些宇宙戰鬥機總共有十架，和杰伊過去開發設計的雙足飛龍有著同樣的基本性能，而且還是由分為強化攻擊的紅機體「阿波羅（太陽神）」，以及九架強化防禦的藍機體「赫里奧波里斯：九柱神（太陽神殿的九柱神）」編制而成的高速機動部隊。

杰伊的失敗是因為被偵測出遠端操作的發信地點，被憲兵隊找上門，沒收了裝置並且被逮捕。

結果就是招致了「阿波羅」和「赫里奧波里斯」被聯合宇宙軍作為主力戰鬥機運用的諷刺事態。

事到如今，就算主張無辜也無濟於事，這是再清楚不過的事了。

希洛他們就這麼戴著手銬，被帶到了刑場。

各別入獄的杰伊和希洛，此刻再度重逢。

明明人生再過不久就要落幕，杰伊卻依舊嘻皮笑臉。

「哎呀哎呀，我和你明明就是分別出生，沒想到卻要死在一起嗎……我怎麼沒印象，哪時和你變成了命運共同體啊？」

「……同感。」

「你要是在天堂遇見湯瑪斯的話，代我向他問好。」

「為什麼不自己告訴他？」

「那還用說，我要去的鐵定是地獄。」

昔日的舊友還是老樣子。

「不過那個世界怎麼可能存在嘛，呵呵呵呵……！」

衛兵喝斥「給我閉上嘴，快走！」並用槍頂了一下這樣的杰伊。

「知道啦！」

杰伊厚臉皮地譏諷：

「只不過是開個小玩笑，替死難當前的年輕人紓緩情緒而已啊。」

＊

宇宙巡洋艦夏伍德已經接近到月球軌道了。

機庫裡，配備了宇宙用推進器的雙足飛龍已準備就緒。

穿上太空服的卡蒂莉娜戴上面罩，再次化身「希斯・馬吉斯」。

坐進駕駛艙，希斯撫摸了主螢幕上「ＡＩ・沙姆」的額頭位置，說了聲「請多指教」。

沙姆開心地『喵』了一聲回應。

同時雙足飛龍的各部位啟動。

雙足飛龍被收納進來時，主翼是收闔的狀態。

擔任管制員的魔女傳來通訊：

『雙足飛龍已在彈射器就位……出擊準備ＯＫ？』

希斯無言地豎起大姆指。

『希斯．馬吉斯，妳若要恢復少女之身，最好也順便把妳的戀愛之心找回來比較好。』

滑行道前方的信號燈由綠轉紅。

「了解，魔女……希斯．馬吉斯，『雙足飛龍』出擊！」

雙足飛龍經由高速磁氣驅動式的彈射器，從夏伍德的甲板飛出。

虛無的黑暗之中，銀白交織的機體緩緩展開主翼。

改良過的推進器滑順地驅動。

這種推進驅動控制，日後被挪用到提升「托爾吉斯」機動性能的推進組件上。

而這兩者都是麥克．霍華所開發。

「等我，希洛老師！」

將雙翼完全展開，以最大輸出力飛翔。

那閃光的軌跡，一直延續到遙遠前方的月面——

＊

位於聯合軍月面基地南側的強制勞動工廠，鄰接著資源採掘場。

而死刑的執行處，則是在質量投射器軌道的陸橋下方的槍殺刑場。

那裡覆蓋著半圓形的巨蛋，頭頂上方可以看見地球。

槍殺雖然是前近代的處刑方式，但殘虐性比起斬首或絞首要來得輕多了。

到了執刑的預定時刻，希洛等十二人橫排成一字。

公關部的自動攝影機正對他們進行拍攝。

原本期待能拍到他們恐懼害怕的模樣，但幾乎所有人都彷彿是接受了命運般，視死如歸。

執行也是由自動瞄準的射殺裝置進行。這是為了減輕處刑方士兵的心理負擔。

希洛被矇上了雙眼。

至少最後見到的景色是地球，對他來說已算是救贖了。

從月面望見的地球，比起從地球上看到的月亮要來得大四倍。

美麗的蔚藍地球，令他聯想起卡蒂莉娜與莎伯莉娜的眼瞳。

過了一會兒，聽見門關上的聲音。

大概是衛兵們退離了刑場吧。

他覺悟到，終於要結束了。

然而槍聲卻始終沒有響起。

是發生了什麼事嗎？不，就是因為什麼都沒發生，所以他感到一絲不安。

之後又再經過了數十秒、數十分鐘。

有種彷彿被風吹拂的錯覺。

似乎聽到遠處有空氣流動的聲音。

耳膜深處有著無聲的壓迫感。

「喂——究竟要讓人等到什麼時候啊？要殺就快殺啊！」

他聽見身旁杰伊的怒吼。

「你……你們是什麼人啊？」

這次變成驚訝的聲音。

眼罩突然被拿下了。

環顧四周，卻是一片漆黑。

連聲音都變得聽不見了。

可是看得見頭頂上綻放藍光的地球。

束縛希洛的手銬被解開，綁住他們的繩子也被割斷。

吃驚的是進行這一連串救助行動的，竟是個體型嬌小、身穿太空服的人物。

由纖瘦的體格判斷，似乎還是個少女。

「妳是……？」

希洛詢問。

但是耳鳴嚴重得甚至連自己的聲音都聽不見。

呼吸很困難。

少女遞出另一套太空服，作出示意穿上的動作。

還做出好像是想說「動作快！」的跑步動作。

希洛聽從指示穿上衣服，戴上頭盔。

這時才總算能透過通訊線路對話，耳鳴也停止了。

『我們立刻離開，巨蛋裡的氧氣已經所剩不多了。』

他認得這個聲音。

黑暗中看不清臉孔，但不可能認錯。

「妳是卡蒂莉娜嗎？」

『不，我是希斯・馬吉斯。』

希斯以爽朗的聲音回答。

視覺漸漸習慣了黑暗，他看到穿著太空服的杰伊他們離開巨蛋。

再仔細看，那個出入口是破壞了巨蛋的一部分形成的，還裝設了黏著式的簡易逃生口。似乎是將修復太空船外壁用的拿來改造而成。

每通過一個人，逃生口馬上又會密封合上；儘管如此還是流失了大量的空氣。

『你們兩個快一點！預備電源馬上要恢復了！』

高大的男人指示。

之後希洛才知道，那是夏伍德森林的瑟帝奇中士。

*

幾個小時前，希斯駕著雙足飛龍，彷彿在嘲笑般地盤旋於聯合軍基地的上空。

聯合軍立刻就派出「阿波羅」和「赫里奧波里斯」迎擊。

雙足飛龍以最高速的推進器撤退。

聯合軍基地將索敵目標集中為雙足飛龍。

五輛南瓜戰車隊趁此機會接近聯合軍基地，法外之徒的士兵們潛進了內部。

瑟帝奇他們從連結終端駭入主電腦，切掉了相關各處的主電源。

阿波羅和赫里奧波里斯的遠端操作也因此失靈，從戰鬥機淪落成只會在月面上空盤旋的人工物。

刑場也在同一時間斷電，攝影裝置、射殺裝置、照明等其他設備也都停止運作了。

瑟帝奇他們摸黑潛入刑場，救出所有的人。

駕駛雙足飛龍的希斯也在絕佳的時間點降落在附近，參與救援行動。到這一步為止都很順利。

但是在救出希洛時多花了時間，等到氧氣都變稀薄了，都還沒離開這座刑場。

*

希洛和希斯是在九死一生之下逃回位於基地外的隕石坑待機的南瓜戰車。

希洛平安上車之後，少女的聲音就在安全帽中響起。

『希洛．唯……請你要更加珍惜自己的生命。』

回頭一看，希斯早已不見身影。

她似乎回到自己駕駛的戰鬥機內。

希洛認為就算看不見人，通訊應該還是連繫著，於是便喃喃自語：

「妳也是一樣吧，希斯．馬吉斯。」

但沒有回應。

杰伊也坐在這台戰車裡。

他從背後出聲：

『嗨，我們彼此的狗屎運都不錯嘛。』

「是啊……」

『好久不見了呢，德利安家的小姐……我們兩年沒見囉。』

「她本人否定是那個身分。」

『哪有可能不是她？搭著我製造的雙足飛龍，就是最好的證據！』

＊

雙足飛龍在月球軌道上受到緊追不捨的追擊。

與電路恢復後復活的阿波羅及赫里奧波里斯展開了宇宙戰。

雖然速度是雙足飛龍明顯占優勢，但是九架赫里奧波里斯使出組織有序的編隊戰，不容許獵物突破它們的包圍網。

魔女替雙足飛龍準備的機關槍和導向飛彈也都無法逆轉，退路越來越受限。

原本是想一口氣加速甩開它們，但先前已經有過一次對戰，因此行動都被事先預測到了。

要加速的前一刻，幾架赫里奧波里斯就會擋在前方阻撓。

再加上阿波羅的光束砲砲火猛烈，要不是有「ＡＩ・沙姆」的預測系統以及干擾敵人瞄準的ＥＣＭ裝置，鐵定早就被擊墜。

阿波羅的第二發攻擊射焦了右翼，第三發破壞了推進系統。

再這樣繼續被追到月球背面，將令母船巡洋艦夏伍德陷入險境。

「沙姆，回頭！」

希斯大喊。

「事到如今，只好使出禁招了。」

從雙足飛龍的雙頭裡，探出了收納於其中的能源砲。

這也是魔女開發的。

那是讓主引擎的輸出直接與機首的反應爐同步，發射出高容量能源的裝置。

而當然，為了發射這一擊，相對地就會喪失機動力。

甚至發射之後，原本的速度還會減半。

要是射偏就無路可逃了。

希斯已做好同歸於盡的覺悟。

能源砲開始進行發射倒數。

不知對方是否察覺到，阿波羅也開始準備發射光束砲。

希斯不禁閉上雙眼。

（對不起，沙姆……這次或許不行了。）

別暴殄生命。說這句話的人可是妳喔——她覺得似乎聽見希洛的聲音在腦海中響起。

但是現在已經束手無策了。

就在這時——

『等一下！』

通訊的人是杰伊・努爾。

『這次是我認輸……把阿波羅和赫里奧波里斯的解除頻率告訴沙姆——XXXG的WDHSRS。』

沙姆可愛地『喵』了一聲回應。

『解除代碼是「Z・E・R・O」。』

『喵。喵。』

沙姆才剛輸入這串代碼，阿波羅和赫里奧波里斯便即刻解除了戰鬥模式。

『這麼一來，那十架就能從聯合軍解放，成為沙姆的左右手了。』

杰伊一直沉默到現在，或許是想測試自己的實力吧。

希斯道謝：

「謝謝你，杰伊……我果然最喜歡你了！」

杰伊壞心眼地笑著回答：

『什麼？我們不是應該才初次見面嗎，希斯・馬吉斯？』

希斯清了清喉嚨，然後裝模作樣地重新表示：

「感謝你的協助，杰伊．努爾博士……」

＊

杰伊才一掛斷通訊，就對南瓜戰車的操縱士說：

「話說回來，你們在做的事還真有趣耶。」

操縱士是奇克．帕坎。

他沒有回答，就連頭也沒回。

杰伊讓左手的義肢嘎吱作響，笑著說：

「怎麼樣，讓我也加入你們吧？一定能對你們有所幫助喔。」

「…………」

希洛只能無奈地看著這樣的杰伊。

南瓜戰車駛向月球的背面，宇宙巡洋艦夏伍德正等在那裡——

AC-147 December 24

慶祝耶穌基督誕生的聖誕節——這種宗教概念到了這個ＡＣ時代已經乏人問津。

但是山克王國由於北歐自古以來的習俗，還是會慶祝「尤爾節（冬至祭）」（註：英語為「Yule」，原本是北歐慶祝冬至的節日，後來混入基督教。但現今北歐依然稱聖誕節為Yule）。

王都市街到處都裝飾著以稻草編成的巨大冬至山羊（註：英語為「Yule Goat」，北歐傳統的聖誕山羊）。

剛誕生不久的卡緹莉娜，被白色的嬰兒裝與紅色腰帶包裹著。

北歐各國有一種習俗，家裡最年輕的女兒要穿上這樣的服裝。

貓咪沙姆被裝上了裝飾用的冬至山羊角，但似乎由於太過礙手礙腳，牠馬上就自己掙脫了。

艾瑞克和莎伯莉娜享用著一桌傳統的冬至料理，以及摻有番紅花的圓麵包，度過了寧靜的夜晚。

對兩人而言是久違的休假。

到了深夜，兩人看著黑白電影。

他們看了喬治．席頓的《34街的奇蹟》，還有法蘭克．卡普拉的《風雲人物》。

兩人都很喜歡懷舊的好萊塢電影。

這是他們少數的共通點之一。

看完電影，莎伯莉娜靠在身旁的艾瑞克肩膀上。

沒有像至今那樣地使用敬語，她說：

「艾瑞克……在我和卡緹莉娜的面前……」

——只要許願，就能夠聚集幸運——

「不要叫我『陛下』，拜託……」

闔上的眼簾沒有塗眼影。

——在這個人面前，已經不再需要化妝了——

「嗯……」艾瑞克回答。

接著用洋溢著溫柔的語氣繼續說：

「知道了，莎伯莉娜。」

「我好高興……」

依偎在濃濃的安詳之中，莎伯莉娜小聲呢喃。

「……我愛你，艾瑞克。」

好不容易才總算說出口，便已靜靜地在規律的氣息下睡著了。

臉上是祈望永恆能持續下去的幸福神情——

匹斯克拉福特檔案7

「永世和平並非空虛的理念，而是吾等必須實現的使命。」

伊曼努爾・康德
取自《論永久和平》

AC-148 March

羅姆斐拉財團的桑肯特・克修里納達公爵告別長年的單身生活，與列支敦士登的貴族女兒結為連理。

或許是受到好友艾瑞克在山克王國的幸福家庭生活所影響也說不定。

桑肯特招待了匹斯克拉福特家的莎伯莉娜與艾瑞克來參加婚宴。

莊嚴的婚禮在盧森堡歷史悠久的古堡舉行。

莎伯莉娜懷裡抱著才誕生四個月的愛女卡緹莉娜，看著這場豪華的宴會。

「妳看，卡緹莉娜……大家都很美吧？」

久別重逢的桑肯特和艾瑞克愉快地歡談。

「恭喜你，克修里納達公爵。」

「謝謝，匹斯克拉福特親王。」

兩人的關係已經不比從前了，稱呼方式自然也變得官場化。

不過隨著時間經過，又逐漸變回以往的語氣。

「這麼一來，你也就更能鞏固身為羅姆斐拉財團代表的地位了。」

「自從你不在之後，財團的經營就變得不太樂觀，我很辛苦呢。」

「原來如此，所以才……」

艾瑞克小聲地說道，並且環視了會場。

「怎麼了嗎？」

「招待的來賓看上去有很多是聯合的軍人。你將他們攬入財團了嗎？」

「算是吧……戰爭本來就不該交給民間，必須由我們這些立場上必須負責任的人來管理和經營。」

「若這樣子就真的能讓和平造訪，我倒是不反對。」

「呵呵……你已經完全歸化為山克王國的人了呢。羅姆斐拉財團的權益原本就有絕大部分是仰賴於軍需產業，而這一點今後也不會改變。」

「是嗎。那就但願你們王公貴族自古以來良好的騎士道精神能夠復活了。」

艾瑞克此刻實際體會到，他已和桑肯特踏上了不一樣的道路了。

「那種事就去拜託我弟弟奇利亞吧。他這個人有點古怪，拒絕了入贅卡塔羅尼亞家的婚事，跑去念聯合軍的士官學校了。」

一身軍服的年輕人正在遠處和人點頭示意。

「他主張戰鬥必須要兼具美德。」

這位奇利亞日後進了卡塔羅尼亞家，在得到財團作為後盾之後，地位直升為地球圈統一聯合軍的統轄元帥，與此同時並大力主張「ＭＳ」的必要性，是暗中支援特列斯所領導的「特務部隊」的人物。

＊

悲劇總是突然降臨。

而且一定都是宛如要填補空隙般，出現在幸福時光之間的片刻。

在蒞臨盧森堡的王公貴族當中，就屬匹斯克拉福特王家特別受到歐洲民眾的歡迎。

在悲慘的戰爭之後，成功復興了山克王國的莎伯莉娜及艾瑞克，受到大多數淪為戰爭犧牲品的弱者支持，被視為希望的象徵。

歐洲各國還提議為他們舉辦歡迎典禮。

一向貫徹簡樸質實的莎伯莉娜自然是回絕了，不過最後的結果，是將由他們所到訪的各國來支付旅費。

「這樣或許能更加博取到對我國的經濟支援。」

艾瑞克如此提醒莎伯莉娜。

「妳只要笑著揮手就可以了……比起我去拜託，還要來得更有效率。」

「可是，卡緹莉娜的狀況……」

或許是由於長途旅行的舟車勞頓，卡緹莉娜最近持續著發燒。

但作為山克王國的女王，考慮到艱困的財政，她實在無法回絕。無奈之下，只好將卡緹莉娜託付給作為乳母的侍女照顧，答應參加遊行。

事情發生在白天。

三月三十日的下午三點。

載著莎伯莉娜和艾瑞克的長禮車，在抵達日內瓦時突然爆炸了。

車子底部被裝了遠端搖控的炸彈。

是炸彈恐怖事件。

長禮車在一瞬間就竄起了黑煙與火柱。

艾瑞克當場死亡。

莎伯莉娜雖然在艾瑞克護著之下，倖免於一死，但在送往醫院進行手術後，終究還是沒恢復意識而撒手人寰了。

當時她還年僅十八歲，是如此年輕。

幾天後，恐怖襲擊的犯人被逮捕了。

只要是腐蝕歐洲的王公貴族，不管是誰都好——那名男子裝模作樣地說著。

但是隨著犯案手法的調查越漸深入，發現他所說的動機完全是虛構。

恐怖分子是在莎伯莉娜他們的長禮車越過國境時，與利用鏡子調查車底的衛兵們勾結，裝上炸彈。

由於像是高度軍事組織的行動，再三調查之後，恐怖分子的真面目總算明朗。

那名男子就是過去地球圈統一聯合陸軍第九十九戰車大隊09部隊，別名「九頭蛇部隊」的隊長。

他在山克王國的撤退行動中做出脫軌的行動，之後被部下提報而被開除隊籍。
結果他反過來對此懷恨在心，與以前的部下合作犯下這次的罪行。

山克王國的國民都沉浸在悲嘆之中。
看著失去國主，被寂寥籠罩的王城，無一不哭泣。
將要繼承王位的卡緹莉娜又實在太過年幼。
這個國家的未來是烏雲密布。

AC-148 April

匹斯克拉福特女王的噩耗，也傳到了反叛軍的宇宙巡洋艦夏伍德。
「妳最好馬上回去。」
當上艦長的馬爾提克斯・雷克斯告訴希斯・馬吉斯。

「要是妳不回去，恐怕山克王國將會被鄰國瓜分領土，再不然就是被吸收合併吧。」

目前法外之徒的巡洋艦夏伍德正將行進軌道朝向地球。

為了宇宙居民的和平，他們正與地球聯合軍抗戰。

希斯——卡蒂莉娜一時之間無法接受姊姊不幸的死訊。

任何一篇報導都沒有「莎伯莉娜」的名字，寫的終究都是「卡蒂莉娜女王」死於非命。

就連這種時候，她也深受讓姊姊背負自己名字的罪惡感所苦。

再想到犯行的「九頭蛇部隊」隊長，他所憎惡的對象是將其驅逐，駕駛雙足飛龍的自己，就更無法自拔地深陷於自責當中。

儘管如此，她也非得克服莎伯莉娜死去的悲慟。

而且也為了才剛出生的甥女卡緹莉娜，自己只能繼承祖國的命運了。

「不過說實在的，失去王牌駕駛員，對本艦來說也損失慘重就是了。」

馬爾提克斯似乎是看出她表情僵硬，故意用輕鬆的語氣發牢騷。

希斯朝他敬禮，開口說：

「馬爾提克斯艦長……能請你批准我離艦嗎？」

「我批准。就送妳到地球附近吧，不過雙足飛龍可得請妳留下。」

馬爾提克斯歉疚地表示：

「要是沙姆不在，博士他們會寂寞的。」

「放心，山克王國裡也有一隻沙姆。」

可是真正的貓咪沙姆，其實不太親近卡蒂莉娜。

「那麼就請妳使用一架赫里奧波里斯，當作進入大氣層的太空梭吧。」

「馬爾提克斯，你知道嗎？匹斯克拉福特家有著幾條成規。」

「是說雙胞胎不能一起養育的那個嗎？」

「還有另一條。雖然可以離婚，但是不能再婚。」

「喔……」

馬爾提克斯應答得很曖昧。

他不明白，為何她要在這時候說這件事。

「我去跟大家道別。」

去年十二月加為同伴的杰伊．努爾，馬上就著手修復了雙足飛龍。

並同時將無人戰鬥機阿波羅與赫里奧波里斯改造成人工駕駛機。

「不許靠什麼遠端操作打仗！這種攸關性命的事，怎麼可以交給機械？根本不是人！」

開發者本人憤慨地如此表示。

一起搭上這艘船，成為法外之徒新同伴的亨利．菲爾是駕駛艙系統的研究學者，在將阿波羅與赫里奧波里斯改造成人工機時也有出力。

他就是日後開發「沙漠鋼彈」的H教授。

另外，負責開發機體驅動系統的，則是同樣從月面基地的死刑犯變成同伴的吳王龍。

這名男性就是日後完成了「神龍」及「二頭龍」的O老師。

說來也真巧，與製造第一架MS「托爾吉斯」相關的六位技術人員，居然全都在宇宙巡洋艦夏伍德上齊聚一堂。

卡蒂莉娜開朗地向這六人打招呼。

「謝謝你們至今以來的許多關照！我過得非常開心！」

生來就沉默寡言的技術人員們只是含糊地各自回了她「喔喔。」「是嗎。」「加油喔。」等。

卡蒂莉娜離去之後，「D・D」開口說：

「……以後可就寂寞了呢。」

「喂，大鼻子！你該不會對那個大小姐有意思吧？」

杰伊挖苦地說。

「別說傻話了！」

「話先說在前頭，和她交情最久的人可是我喔。」

「哼！最先認識她的或許是你，但是和她在一起最久的可是我和霍華，還有魔女！」

「真是無意義的爭論。」

吳王龍難得開口插話。

「要是她對你們不抱好感，時間概念這種東西也只是空虛罷了。」

魔女冷冷地如此說道。

平常總是嘻皮笑臉的亨利．菲爾對此也表示贊同。

「是啊。就把她當作是高不可攀的花朵，這樣子對精神衛生來說，才是最好的呢。」

「各位，手停下來了！要是碰上聯合軍的話，看你們怎麼辦。真是的！」

年長且最有領導者架子的麥克．霍華怒斥他們。

這個專家氣息比別人多了一倍的男人，雖然沒把話說出口，但是比任何人都更替卡蒂莉娜的未來擔心。

然後還有一位與這艘船格格不入的異邦人。

就是希洛．唯。

由於至今一路上都沒有能靠岸的太空港，因此雖然不是出於本意，他還是只能和法外之徒一起行動。

而昔日的學生——卡蒂莉娜成了反叛軍的一員，而且還是駕駛員，他沒道理不擔心。

即便如此，卡蒂莉娜在希洛的面前依然是維持著希斯·馬吉斯的身分。

但是，她認為該在今天這一天走下化裝舞會的舞台了。

「我和希洛老師在很久以前約好了……」

那是卡蒂莉娜還是希洛的學生時的約定。

兩人在夜晚的德利安家庭院裡，一邊被腳下的草絆著，一邊跳著華爾滋。

道別的時候，卡蒂莉娜表示自己的內心有著「痛苦的心情」。

不久之後，卡蒂莉娜前往阻止朝山克王國投下的核彈，希洛那時候就問過她。

——希望妳能把妳的痛苦心情告訴我。

——要是任務成功的話，我就告訴你。——卡蒂莉娜如此回答。

那是兩年半前的約定。

希洛或許已經不記得了吧。

同樣是降落地球，如今卡蒂莉娜則是抱著比當時更加痛苦的心情。

匹斯克拉福特家不能再婚。

在戶籍上，卡蒂莉娜・匹斯克拉福特早已和艾瑞克這名男性結婚了。

希洛穿上太空衣，幫忙船外的檢查整備以及打掃工作。

自從開始開發殖民地之後，地球圈便漂浮了為數驚人的太空浮游物，整艘船艦都沾附了數毫米單位的垃圾粒子。

若是置之不理，可能會誤觸新裝備的匿蹤裝置上頭，感應敏銳的「ＥＣＭ產生器」。此外，能夠廣範圍索敵的高性能雷達也免不了機能下滑。

因此這是對夏伍德而言非常重要，同時也伴隨著危險的工作。

雖然是穿著磁力靴，繫著臍帶電纜，但無疑是在與死亡為伍。

希洛是自願從事這種嚴酷勞動。

被救出月面基地後的生活起居既然要勞煩別人，那當然就必須做出相對的勞動回報。

他生性就不願欠人人情。

此外，寂靜的宇宙空間本身就很符合他的喜好。

外頭的景色是滿天星斗。

只要遙望著遠方的風景，希洛的心情就能夠平靜。或許是因為能讓他想像洋溢著希望的未來吧。

『老師，你還在奮鬥嗎？』

安全帽裡突然響起少女的聲音。

看向身後，身穿太空服的卡蒂莉娜站在那裡。

她沒戴面罩，帽簷下看得見她原本的面貌。

看見卡蒂莉娜，希洛並沒有訝異的神情，但也未做調侃，只是老實地回答：

「現在在休息中。」

『……明明好久不見了，卻是這麼冷淡啊。』

雖然在同一艘船艦內，但這是繼月面基地以來，兩人第一次對話。

因為卡蒂莉娜刻意回避他。

「聽說妳要去地球？」

「是啊……」

「莎伯莉娜的事，真的很遺憾。」

『像這樣子和老師觀賞著星空，就讓我想起和莎伯莉娜初次見面的事。』

「…………」

『是老師救了從太空梭逃生出來的莎伯莉娜對吧？』

「她活得很誠實。而且開導我這種生活方式的契機，也是她給我的。」

莎伯莉娜所說的話，「希望老師能保持您原本的樣子」這個願望仍殘留在希洛的耳邊。

『唉——莎伯莉娜為什麼把老師甩掉了呢？』

難得我都讓給她了——這句話卻沒有繼續說出口。

從卡蒂莉娜說出的這一連串話以及強裝出的笑容，希洛感覺到她是在逞強。

「妳還好嗎？」

『我沒事。』

雖然是立刻就回答。

『大概……』卻又補上一句。

看來她似乎還沒有自信。

『我想，我是非戰不可吧。作為山克王國的女王，作為創造和平的匹斯克拉福特……』

「不戰而逃的人，沒有資格論和平。妳已經夠有資格了。」

『可是說不定會輸。』

「那妳最好做好覺悟……但是只要有了覺悟，不管輸得再怎麼悽慘，都能看見未來。」

『未來？』

「不可理喻的暴力或者各種不合正義的事，今後可能還是會繼續橫行吧。儘管如此，無論世間變得再怎麼渾沌和瘋狂，也決不可以活在憤怒或憎恨之中。無論倒下幾次都要再站起來，腳踩著大地，凝視未來。這樣一來所看見的未來，就一定會洋溢著希望。」

『無論倒下幾次都要再站起來……』

卡蒂莉娜咀嚼著這句話。

「首先靜靜閉上眼，確認自己的心是不是已經放空。就算挨打、被踐踏，也絕不可以懊惱或悲傷。」

無論處在何種殘酷的狀況下，希洛總是很平靜。

正是因為他以這樣的精神訓練來律己。

「心無雜念之後，再睜開眼睛看看。放眼所見，四周的景色應該已經變成截然不同的價值觀才對。」

『等到情況有必要的話，我會試試看的。』

「只要用這個方法，不管是『痛苦的心情』或者『艱辛的狀況』都一定能夠克服。」

『你不問嗎？』

「嗯？」

『不問我有什麼「痛苦的心情」？』

或許就連在這個時候，對她來說也仍強烈覺得那是個非說不可的約定。

「方法我已經教妳了……這樣就夠了。」

但那對愛情終究管用嗎？

可是希洛不懂這方面的事。

警報通知太空衣的氧氣殘量只剩下幾分鐘。

希洛從安全帽內部的電腦網路下載了古典樂。

「卡蒂莉娜，剩幾分鐘的時間，要不要和我跳支舞？」

『好的，我很樂意。』

曲子是小約翰·史特勞斯的名曲〈藍色多瑙河〉。

「可惜這裡不是晚宴會場。」

『不，和當時一樣，頭上都有著滿天星斗。真是榮幸，因為這次是老師邀舞的呢。』

兩人關閉了磁力靴的電源。

在無重力的宇宙浮游狀態下，卡蒂莉娜和希洛跳著華爾滋。

但沒多久就被臍帶電纜纏住，沒辦法順利旋轉。
卡蒂莉娜看著希洛的眼睛，惡作劇地一笑。
她突然拔掉繫住自己和希洛的電纜扣環。
兩人離巡洋艦夏伍德越來越遠。
「還是老樣子，這麼亂來……」
『我有叫沙姆過來接我們。』
兩人跳著華爾滋，漂浮在宇宙空間。
「真的沒問題嗎？」
「老師也很愛操心耶。」
「不是那樣。我是在問，妳真的能一個人肩負起山克王國的命運嗎？」
「是的……因為我有和老師的回憶。」
「呵……是《北非諜影》裡，鮑嘉的台詞吧。」
「曲子要換成〈As Time Goes By〉嗎？」
「嗯，就這麼辦……」

「『Play it once, Sam.』」

由遠處接近的雙足飛龍——沙姆從通訊機發出『喵』的回應。

卡蒂莉娜將自己的安全帽「叩」一聲地敲向希洛，感傷地說：

「為老師的眼神乾杯……」

*

駛向地球的航線上，有地球圈統一聯合的宇宙軍正在待機。

對於聯合宇宙軍而言，宇宙巡洋艦夏伍德與其說是「不法分子」，更像是「懸賞的通緝犯（Dead or alive no ask）」。

至今無論怎麼尾隨都會被夏伍德靠著驚人的推進力逃掉，而且又有著特殊的匿蹤裝置，沒辦法順利搜索。

可是現在他們完全掌握了夏伍德的位置。

在地球周圍部署的監視衛星，偵測到有大質量正在非航線的宙域移動。

聯合宇宙軍於是緊急組織艦隊準備迎擊。

旗艦的名字是「維爾索（水瓶座）」。

指揮官是年輕有為的克勞倫斯・塞普提姆少校，他的助理則是密里昂・里德爾哈特准尉。

「那些傢伙為何明知會被抓，卻還來地球？」

克勞倫斯少校對此一直感到疑惑。

「反正無論如何，是時候洗刷月面基地的汙名了……」

血氣方剛的密里昂，對於自己所屬的基地被夏伍德的南瓜戰車隊攻擊一事，始終懷恨在心。

「阿波羅和赫里奧波里斯的資料呢？」

「已經分析完畢。靠我們的新型宇宙戰鬥機『裘頁（天秤座）』就可以完全擊敗了！」

裘頁與雙足飛龍的形態相同，一隊四機，總共六個編隊二十四機已經準備好進行迎擊。

上面沒有駕駛員。

是按照杰伊．努爾的設計圖，以遠端操作進行戰鬥。

當時，在宇宙中的戰鬥行為是直接與「死亡」相連。

想當然，在聯合軍中沒有半個士兵願意成為宇宙戰鬥機的駕駛員。

「但是要小心雙足飛龍的沙姆……他們可是只靠那一機就殲滅了我們在波羅的海的艦隊。」

「就算這樣，敵人的勢力也僅只十一機而已！況且雙足飛龍的ＥＭＰ裝置能在陸地上生效，但在這片浩瀚宇宙中，微不足道得甚至不及太陽耀斑的放射線。」

＊

就一般情況來說，二十四對十一的話，是聯合軍方占壓倒性的優勢。

可是不止帶頭的雙足飛龍，阿波羅和赫里奧波里斯也全都被改造成人工駕駛機。

沉且搭乘的駕駛員更全都是法外之徒當中有名的王牌駕駛員。

雙足飛龍裡的是王牌駕駛奇克·帕坎，阿波羅裡是瑟帝奇，赫里奧波里斯裡也聚集了八名精英。

而第十一機則載著卡蒂莉娜。在這些成員當中，恐怕就屬她最為優秀了吧。

雖然不太謹慎，不過將戰鬥比喻成運動有時會比較好懂。

目前的情況適合比喻成足球。

我方的陣型是由九架赫里奧波里斯守護球門，由兩架前鋒雙足飛龍與阿波羅負責進攻。

相較之下，二十四架袞貢分成左右各三隊，排出了能將敵人逼到中心，斷絕退路的陣型，並空出了通道讓給處於砲擊態勢的艦隊。

戰鬥開始了——

雙足飛龍和阿波羅筆直駛向旗艦「維爾索」。

迎擊的裘貢按照預定，前衛的兩隊（八機）一面展開波狀攻擊，一面像要封鎖兩翼般逼向中央。

同時相當於球場中衛的兩支隊伍更進一步誘敵深入。

後衛的八架裘貢為了不讓敵人迴避艦隊的砲擊，如文字所述，朝四面八方分散，堵塞了去路。

由戰術來看，中規中矩地就像教戰手冊會教的那樣，彼此也很合作無間。

只要能解決掉強化攻擊的雙足飛龍和阿波羅，剩下的赫里奧波里斯只有防禦能力，只要消耗時間就能確實獲勝。

但是——

反叛軍和聯合軍的目的——終點不一樣。

聯合軍的目的是殲滅夏伍德，而相對地，反叛軍的目的則是讓卡蒂莉娜回到地球。

球門的規格差太多了。

雙足飛龍和阿波羅終究只是幌子。

敵人越是將目標集中於這兩機，卡蒂莉娜駕駛的赫里奧波里斯就更能好整以暇地踏上衝入地球大氣層的軌道。

「赫里奧波里斯．九柱神，開始下降！」

卡蒂莉娜心懷感激地對同伴們說：

「謝謝你們為我送行……」

『保重啊，希斯．馬吉斯。』

粗獷的聲音是來自搭乘阿波羅的瑟帝奇。

『凡事請小心，別亂來啊。』

『喵。喵。』

語氣溫柔的是奇克．帕坎，叫聲當然來自「ＡＩ．沙姆」。

「全都明白！大家要保重喔！」

『願山克王國榮耀永存！』

她還聽見法外之徒的男人們異口同聲地如此喊道。

卡蒂莉娜和以前進入地球大氣層時一樣，哼起了〈越過彩虹〉。

「Somewhere over the rainbow——在那道彩虹後面……」

反叛軍聽著她的歌聲，繼續戰鬥。

當然，由於目標已經達成，因此剩下的只是從容的撤退戰。

他們稍微敷衍了一下數量是成倍以上的袞貢，之後開啟強力的ＥＣＭ回避旗艦的砲擊，最後凱旋回到夏伍德。

過去的「ＥＭＰ裝置」是讓艦隊全體產生電磁脈衝，而這個ＥＣＭ裝置則是讓機體本身透明化的「高性能雷達干擾器」。

＊

希洛難得現身在夏伍德的艦橋。

負責指揮的馬爾提克斯被他這樣的突然拜訪嚇了一跳。

「這還真是稀客……」

「卡蒂莉娜平安抵達地球了嗎？」

「當老師的，果然是會擔心啊。」

「你叫作馬爾提克斯嗎……看來我似乎有點太高估你了。」

「這話怎麼說？」

「我如果是你，就不會讓卡蒂莉娜去地球……」

「我可不想被你這麼說……你才是應該挽留卡蒂莉娜的那個人吧？」

「…………」

「算了。對我們彼此來說都一樣，匹斯克拉福特的包袱太過沉重了。」

這就是日後各自在地球和宇宙提倡「完全和平主義」的兩人，最初的對話。

「同樣都被甩了，我們就和睦相處吧……」

希洛突然喃喃地說出一串英語。

「——I think this is the beginning of a beautiful friendship.——」

「什麼？」

「你知道《北非諜影》這部電影嗎？」

「嗯，滿久以前看過。聽說卡蒂莉娜也很喜歡。」

「就是那部片最後一幕的對白……『這是我們美好友情的開始』。」
「那你剛才是想模仿鮑嘉的聲音嗎？一點也不像嘛！」
「……那真是抱歉……」
兩人的初次見面，並沒有對彼此留下好感。

AC-148 April 25

卡蒂莉娜拜訪山克王城，說明了至今的來龍去脈。
起初沒有任何一位親信相信她，但經過威利茲侯爵作證解釋，而DNA結果也證實她是卡蒂莉娜·匹斯克拉福特本人，於是大家才總算接受。
然後她在王座大廳看見一無所知地在搖籃中安睡的卡緹莉娜。
卡蒂莉娜的眼裡流下了淚水。
以往她無論再怎麼痛苦也從不曾流淚。

勇敢和開朗就是她的信念。

但唯獨此刻，她不禁哽咽。

接二連三湧現的滿腔思念，她無論如何都想告訴成為莎伯莉娜的遺孤，讓人憐惜的卡緹莉娜。

王宮裡冷清又寂寥。

今後必須靠自己和甥女來重振這個王國才行了。

沉重的心情，壓得她幾乎快喘不過氣。

感覺有一道重擔就快要將她給壓垮。

突然間，腦海閃過希洛曾告訴她的話。

——首先靜靜地閉上眼，確認自己的心是不是已經放空。

卡蒂莉娜緩緩垂下視線，豎耳聆聽周圍的聲音。

聽見遠處小鳥的啼叫聲。

聽見睡著的卡緹莉娜安穩的呼吸聲。

隔壁房間傳來喀沙喀沙的聲音，想必是貓咪沙姆在抓玻璃窗。

在那周圍的蕾絲窗簾搖曳，發出布料磨擦的聲音。
大概是沙姆想要抓窗外的鳥吧。
外頭的森林有小鳥振翅的聲音。
沙姆靜了下來。
似乎聽得見寂靜的聲音。
但那不是「寂寥」。
卡蒂莉娜睜開眼。
她緩緩地巡視周遭。
彷彿看得見時間徐徐地在透明的空氣中流逝。
總覺得好像知道下一步該怎麼做了。
現在不是沉浸悲傷的時候。
她做了一項覺悟。
「我還活著。不管是慈愛還是悲傷，我全都接受……」
然後她對著安詳睡著的卡緹莉娜微笑。

「請多指教，卡緹莉娜……我是妳的新媽媽喔。」

不知何時起，她的內心已不再迷惘。

「請妳在天國看著，莎伯莉娜……我一定會將這孩子養育成一個了不起的女王。」

從窗外照進的春季陽光無比柔和，永遠是那樣溫暖——

MC-0022 NEXT WINTER

莉莉娜·匹斯克拉福特緩緩地摘下黑色的虛擬眼鏡。

那蔚藍瞳孔的光芒，散發著不同於以往的印象。

「如何？」

希洛（前輩）對火星聯邦的總統開口。

「還希望我殺了妳嗎？」

「不，希洛……我明白了，那不該是『現在』。」

我的手腕還戴著簡易手銬，而且連飯都還沒得吃。

這真是比拙劣的拷問還要殘忍。

「怎麼樣？有稍微反省了嗎，迪歐？」

娜伊娜姊拿著杯子從我背後走近。

「反省？為什麼我非得反省不可？我又沒輸給妳，而且也從沒做過必須要心虛後悔的事。」

「可是你想殺莉莉娜大人吧？」

「前輩不也是一樣嗎！再說，是講『完全和平』這種夢話的人不好吧！」

我老實回答。

而且實在很想抱怨，為了那個什麼和平，他們以為會死上多少人啊？

但就在這時，米爾和溫拿家的大小姐衝了進來。

「姊姊！是父親大人的『天堂托爾吉斯』！」

「正在接近這座莉莉娜市！」

說到娜伊娜姊的老爸，就是現在自稱「昔尼蘭之風」的流浪漢。

「機體損傷很嚴重！最好有個人去接應他比較好。」

溫拿家的大小姐在一旁邊操作通訊機邊說道。

「通訊打開了。」

螢幕上出現戴著墨鏡的短金髮男人。

『這裡是「Wind of Cyrene」……抱歉，我的能力不及……拉納格林共和國的主力部隊正在接近！』

從畫面所見，駕駛艙處處閃著紅燈，受損的部位也噴出火花。

看樣子，那個大叔的傷勢不輕。

他斷斷續續的聲音，呻吟般地報告：

『「巴別」……移動要塞「巴別」朝這裡來了！』

聽到了討厭的名字。

移動要塞「巴別」。

比和平更讓人不想聽見的單字。

這麼說的話，拉納格林的傑克斯·馬吉斯上級特校也一起來了吧？

都是因為那傢伙，真的會害得上千萬人被殺害。

那些可憐的兄弟也是……

我絕對不原諒那個傑克斯——

（第九集待續）

後記

我的妻子是「ＭＳ」。

不是Mobile Suit，也不是Mars Suit。

是一種名叫多發性硬化症（Multiple Sclerosis：ＭＳ），大腦和脊髓的難治之症，在我國被認定是罕見疾病。

這種疾病會引發運動麻痺或知覺障礙等多種症狀，目前發病的原因還不明。

據說在歐美是每一萬人中就有一人，日本每十萬人就有一人的罹病率。

妻子出生於神奈川縣，屬蛇，天蠍座ＡＢ型。光看列出的這些，就可以知道她的個性已經夠獨特了。

然後這一串特色居然還和那位巨匠級大師——富野由悠季導演一模一樣（不過富野先生可不是「ＭＳ」喔，為了保險起見，還是說一下）。難怪我總覺得自己比

後記

身邊的其他人更能跟得上富野先生的話題，因為富野先生和我妻子的性格多少有點相似。然後再加上難治之症「ＭＳ」。

簡直可以說就像是玩麻將時，裏懸賞直接跳成三倍滿那麼稀奇。

在我們結婚之前，她就已經被診斷出有多發性硬化症了，不過我們剛認識時似乎正好是緩解期，所以外表看上去，生活得很正常。但是後來出現了各種徵兆。有一次約會時，我和她並肩走在一起，本來很普通地在說話，結果下一秒她突然從我視野裡消失，砰一聲倒在地上。扶她起來之後，她很難為情地笑著說：「對不起喔，你嚇一跳了嗎？」明明費心打扮的洋裝都沾滿了灰塵，絲襪也脫線，膝蓋還磨出瘀青和擦傷，她卻沒有露出半點悲傷的神情，若無其事地拍掉灰塵繼續走路。後來在附近的藥局買了ＯＫ繃和絲襪，若無其事地繼續約會。

我就是迷上她的這種勇敢和開朗，所以向她求婚。

雖然她以這種疾病為由，遲遲不肯答應我。但最後總算說服她，然後我們結婚了。

後來我才知道，多發性硬化症的其中一項症狀就是「欣快感」，腦內血清素會大量分泌。也有別的說法，是因為藥物治療所使用的類固醇的副作用才造成了這種症狀。不管怎樣，她就是個無論在何種痛苦的時候都能樂觀開朗，充滿魅力的女性。「十萬人之一耶，這不是很厲害嗎？感覺就像是被選中的人一樣呢，嗯！」她如此說道，一點都不認為不幸罹患這種病是種痛苦。我和她結婚的最大理由，就是這份充滿光輝的高尚情操。

我有好幾次都是被這樣的妻子的笑容給鼓勵，才能夠持續工作。當然最低限度的看護是必須，不過靠著與生俱來的強顏歡笑而總算能克服種種難關。在我負責《美少女戰士》的各話劇本時，長女出生了。當時我還算是新手，所以那陣子工作非常繁忙，不過我們還是兩人彼此分攤家務事及照顧小孩。當時，我和劇本家同事們一起去聚餐喝酒，我在酒席上表示「因為要幫孩子洗澡，所以要先走一步」，結果那位星山博之先生就叫住我，問我：「隅沢，你是妻管嚴嗎？」我回答：「不是不是，是愛妻家（註：指結婚後深愛著妻子，生活大多以妻子為主的丈夫）。」然後他就說：「這世間沒有那種男人啦，至少靠筆維生的人就是必須給老婆添麻煩，才能賺錢。」然後接下來就被迫繼續聽了星山先生愉快的英勇事蹟。後來總算被放行回

後記

到家後，我向妻子說明原委，結果她開心地笑著說：「哎呀，別人家是別人家，我們家是我們家嘛。」她一聽到星山先生的名字，馬上就會想到的不是《機動戰士鋼彈》，也不是《鬼太郎》，而是《無敵機器人TRYDER G7》。我把這件事向星山先生報告，結果星山先生就說：「是嗎……那你還是當愛妻家好了。」而且還說：「沒想到居然喜歡TRYDER，你太太的眼光真是太好了，要好好珍惜她喔！」之後我得到和星山先生一起參與《霸王大系龍騎士》以及《爆走兄弟》的機會，《∀鋼彈》的企畫成立時，我也有一起參與。

幫忙家事對我來說是理所當然的事，但是妻子總是會跟我道謝。「謝謝你總是對我這麼溫柔。」她一這麼說，我就會回她：「這是我才該說的話。」我們過著幸福又充實的家庭生活。以此為精神食糧，劇本的工作也接連地找上門。現在回想起來，當時或許是最「一帆風順」的時期。

一九九五年在進行《新機動戰記鋼彈W》的時候，長男出生了。池田成導演體貼我家有如此的內情，於是替我接下劇本統籌，甚至還有劇情大綱的工作。因為我在聚餐時喝醉酒，不小心向池田導演脫口說出妻子生病的事。現在已經不曉得我當時是想自誇還是想被同情，但無論如何我就是說出了傻話，而結果最後就是害得導演留下那樣子的不幸回憶。這件事情，我到現在依舊是後悔萬分，大概會永遠都補償不清吧。池田導演退出之後，我竭盡全力地在瘋狂的行程當中將劇本完成，有一部分也就是因為這種贖罪意識。此外，SUNRISE的富岡秀行製作人能信賴這樣的我直到最後，也是一個很大的重點。我現在對這兩位的感激心情依然絲毫不減。

不知是否由於《鋼彈W》的成功，之後常態節目的工作爆增，負責劇本統籌或電影劇本的機會變多了。在苦肉計之下，我們全家搬到妻子的娘家，我總算獲准從一切的家務事當中解放，專心工作。

在我開始撰寫《犬夜叉》的劇本時，妻子再次發病了。當時她懷的第三個孩子流產，精神上受到很大的折磨。食欲降低，整個人變得削瘦，陷入沒有拐杖就無法走路的狀態。她的左半身及右手麻痺，痛覺也麻痺，由於視覺障礙也撞得渾身是傷。其他症狀也繁多至極，動員了各種領域的醫生，加起來甚至總共有好幾十人。由於病因不明，所以吃的藥量也大增，也嘗試了各式各樣的療法。妻子說她感覺好像變成了實驗用的白老鼠。就連在這種時候，她也是表現得很樂觀開朗。病都變成了這樣，就算「欣快感」再怎麼作祟，我想她應該也有無法以真心話說出口的悲傷及痛苦吧。不能夠再繼續把所有的事只交給她年老的雙親了。

為了回應她那勇敢又開朗的笑容，我同時兼顧工作以及照顧她，儘管笨拙還是完成了家事並照顧孩子。由於妻子的醫療開銷，積蓄不知不覺也快見底，我除了增加自己的工作量之外，別無選擇。結果漸漸地，我也因此而健康失調（醫生診斷是糖尿病併發憂鬱症）。明明也沒什麼才能，不知為何竟然也陷入了瓶頸期。幫孩子們做好便當，為了便當的完成而開心，文章卻一句也想不出來。基本上，我向來都是在製作便當時，同時在腦內進行劇本構思。這也真是傷腦筋啊。

二〇〇五年左右，我這個早已不堪用的沒用劇本家在無奈之下，主動提出減少工作的請求。在茫然度日之中，二〇〇七年時，我單方面視為恩師景仰的星山博之先生去世了。這消息太過突然。星山先生就宛如新人類一樣，我身為劇本家的靈魂彷彿也被他帶走了，空虛感席捲而來。我戒掉菸酒，只專心於家事和照顧妻子。因為以前的遺憾，所以在工作現場，我絕口不提妻子的病狀，始終堅持理由是為了醫治自己的病，辭退了工作。當然，動畫業界可不是能如此天真而通行的世界。原本我認為自己會就這麼成為過往之人而被埋葬。

不過有一位恩人，他一直沒有放棄我，在背後支持我，帶給了我勇氣。

就是SUNRISE的富岡秀行先生。

我們之間的信賴關係從《鋼彈W》……不，是從更早以前的《龍騎士》就一直持續了約超過二十年到現在。回想起來，也是他幫我介紹了富野由悠季先生。

二〇〇九年，富岡先生將《犬夜叉 完結篇》交給蟄居在橫濱的我，當作是最後的工作。度過了兩年的漫長空窗期，所以我接下了工作。其實這個時候的妻子已經住院了好一段時間。她的下半身站不起來，只能以輪椅度日，連主治醫生也表示「她恐怕再也沒辦法靠自力行走了」。我很想拋開消沉鬱悶的心情。富岡先生或許是體貼這樣的我，才給了我工作也說不定。我把這件事告訴妻子，結果薄命的她露出笑容對我說：「加油……」為了回應期待，我燃起久違的幹勁。由於洗碗機和洗衣機的先進，家事已經變得輕鬆許多。孩子們也都長大，漸漸不再需要照顧。我又開始過著菸酒生活，傾注至今累積的經驗及所剩無幾的才能，一心埋首於原稿，忘我地持續撰寫劇本。反正年紀也夠老了，誰還去顧什麼健康？要是活得比妻子長壽也沒意義，只要能寫得出有趣的東西就夠了。於是，就各方面來說都完結了。我自己也結束了。我是這樣想的。言語實在不足以表現我對富岡先生的感謝。我對動畫劇本已再也沒有任何遺憾，打算就這麼無聲地引退，餘生就只是專心照顧妻子，我是這麼想的。

隔年年初的聚餐，富岡先生告訴我說，角川書店來申請出版《鋼彈W》的小說。以KATOKI HAJIME先生和鋼彈事業部的中島幸治先生為中心，正在推動要讓《鋼彈W》復活的企畫。「啊，那個，我要寫。」我藉著酒醉壯膽毛遂自薦。「不必太勉強沒關係，就當作是在寫一下就完結的短篇，輕鬆解決掉吧。」「明白了，小事一樁。」大概就是像這樣子，然後就爽快接下了。拿這樣的工作來度過餘生正好，我內心某處是如此盤算。

就這麼喝到天亮，然後去病房探望妻子時，我嚇了一大跳。

她正拚命想要努力站起來。一邊摸著、拍打著衰弱的大腿肌肉，並一邊激勵自己。妻子的願望只有一個，就是「想早日出院」。她有著「不願就這樣結束」的堅強意志。若是想要出院，不管我再怎麼去拜託都沒有用，一定需要主治醫師的許可。「醫生說你不在的時候，我不可以練習走路。」妻子這麼說。午餐端來了，她以顫抖的手抓住湯匙，挖起微量的稀飯，送進嘴裡。「雖然其實沒什麼食欲，但總之非吃不可，必須養足體力。」她如此說著，花了超過兩小時吃飯，徹底咀嚼怎麼看也不好吃的醫院伙食，努力吃光餐具裡的東西。她說：「要是剩下來，就只能一直躺在床上了。」吃完之後，在我的攙扶下只走了一步路，休息了幾十分鐘之後才又再跨出另一隻腳，向前一步。花了半天的時間，她走了一趟到門邊的五步旅程。這不是誇飾。對妻子來說，不管是吃飯、走路，甚至包括睡覺，全都是一項項嚴肅的挑戰。她持續著令人含淚動容的努力。驚人的是才僅僅約兩個禮拜，她就獲准可以在我的陪同下，不坐輪椅外出了。

那天是個大晴天，前晚下的雪反射著陽光，十分眩目。雖然只是獲准繞行醫院外圍一圈的這種小小外出，我們卻覺得好像去到比國外旅行還要更遠的地方。我回到家，開始著手《鋼彈W》的小說。我對於自己想要輕鬆去做而感到可恥。在那個世界裡，希洛·唯如此告訴我：「你就只有這點程度嗎？」五飛說：「如果只有半吊子的覺悟就不要做！」他們的話是如此地辛辣不饒人。

一切都還沒有結束，只是我自己擅自想要去完結。妻子是抱著什麼樣的想法站起來，以什麼樣的心情在走路？晚年的星山先生是怎麼看待我的？池田先生是多麼痛苦地中途退出《鋼彈W》？富岡先生又是多麼煎熬地辭退池田導演，將這個節目託付給我的？我根本沒有真正搞懂這些，卻擅自認定自己不幸，自以為主張需要同情是一種傲慢。

我向富岡先生提出請求，表示雖然不知會寫到何時才結束，也有自知自己實力不足，但想要再一次認真挑戰《鋼彈W》。「你肯認真做啦？」富岡先生笑得很不懷好意。「是的，我要做。」我這麼回答。「就是嘛，你要引退還太早了。那你就放手去做吧。」富岡先生准許了。在這之前，SUNRISE已經交給我幾件企畫書，其中有一個是以火星為舞台。「這個，可以讓飛翼使用嗎？」我這麼問，於是得到「有何不可？不過要用一隻手解決掉」的答覆。不施加多餘的壓力，這是富岡先生特有的體貼。這一天的酒，喝起來特別可口。

在那之後，經過了三年的歲月。

妻子已經平安出院，現在不但勤勉於家事，還會幫我的忙。要去商店街購物時，我也會一起陪行。她不使用拐杖，靠的是自己的腳走路，有時候我也會扶她一下。有時我們晚上還會一起去繁華街，到「VOYAGE」喝點小酒。她每天都對我展露那張開朗的笑容。當然，多發性硬化症並沒有根治。醫生的診斷是：「『MS』大概進入了緩解期吧。」反正原因不明，所以大概怎麼講都可以。不過我私心認定，正是妻子「想活下去的心情」，才讓她回復到了如此程度。

最近我、池田先生和富岡先生三個人常一起聚餐。我們對那可恨的過去全都絕口不提。內心總是如國王般從容，看的方向總是未來。池田先生還是老樣子，常常會突發奇想，總是洋溢著躍動感。雖然某些時候是有些太過樂觀，不過嘛，彼此彼此啦。

世上有著各式各樣的不幸，有時也會遇到實在無法讓人心服口服的矛盾。可是我決定不管發生什麼事都要再次重新站起。消沉或沮喪之類的話語，拿去餵豬吃就夠了。就算用我不夠靈光的腦袋再怎麼苦惱，也搞不懂認真和裝腔作勢的差別，而且這也與我無關。我既無怨恨也不嫉妒。總之去寫就對了。明明連載暫停是很可恥的事，也會對許多方面造成困擾，而且還有讀者在等待。真是的，我真是個無可救藥的新手（我有自知之明，對不起！）。但儘管如此，我認真的心情絕無虛假。我不敢說自己像妻子那樣，不過我也是有在撫摸、拍打自己生鏽的才能，才好不容易往前跨出一步。在角川書店主辦的派對上遇到富野先生，他也鼓勵我：「寫作是見好事。（人生）若不一直寫下去的話，就會完蛋囉。」坦白說，我現在也從富岡先生那裡接下了新的企畫。所以現在就只能去做，只能站起來不可了。

這次由於頁數關係，必須寫出漫長的後記，因此我就寫下至今以來的心路歷程。這部《Frozen Teardrop》也差不多進行到了折返點，所以我想回顧一下初心，應該也不錯。

對於期待聊聲優們的祕密話題的讀者們，真不知該怎麼表達歉意才好。下一集第九集開始又會恢復正常運作了，所以敬請見諒。感謝大家看了我這麼漫長的連篇廢話，也真的很不好意思。然後這一部分不管看或不看都完全無所謂。

話說回來，這一集的封面真棒，白雪公主和希洛都好美。這是KATOKI先生和あさぎ桜小姐的渾身力作喔！兩人的才華真的讓人除了佩服以外，還是佩服。然後下一集的封面也很精彩，敬請期待。至於內容嘛……啊，我還沒寫啦。

那麼讓我們下次再見。

隅沢克之

新機動戰記鋼彈W
冰結的淚滴
8 寂寥的狂想曲（中）

作者　隅沢克之

插畫　あさぎ桜（角色繪製）
MORUGA（機械繪製）

機械設定　KATOKI HAJIME
石垣純哉

原案　矢立肇・富野由悠季

協力　中島幸治（SUNRISE）
高橋哲子（SUNRISE）

宣傳協力　BANDAI HOBBY事業部

顧問　富岡秀行

日版裝訂　KATOKI HAJIME

日版內文設計　土井敦史（天華堂noNPolicy）

日版編輯　角川書店
石脇剛
亀山篤史
財前智広
長嶋康枝
森野穣
松本美浪

©Harutoshi FUKUI 2009
©SOTSU・SUNRISE

Kadokawa Light Novels

機動戰士鋼彈UC 1~10（完）

Kadokawa Fantastic Novels

作者：福井晴敏　插畫：安彥良和、虎哉孝征

在可能性的地平線彼端，衝擊性的發展——
嶄新的宇宙世紀神話，在此堂堂完結！

受「獨角獸鋼彈」導引的漫長旅途終於走到盡頭，巴納吉和米妮瓦總算到達「拉普拉斯之盒」所在地。他們意圖將真相傳達給大眾，然而假面之王弗爾・伏朗托再度阻擋在他們面前。如今，圍繞「盒子」的一切恩怨糾葛，即將面臨清算的時刻……

各 **NT$180~200/HK$50~55**

台湾角川

©2012 Touno Mamare

Kadokawa Light Novels

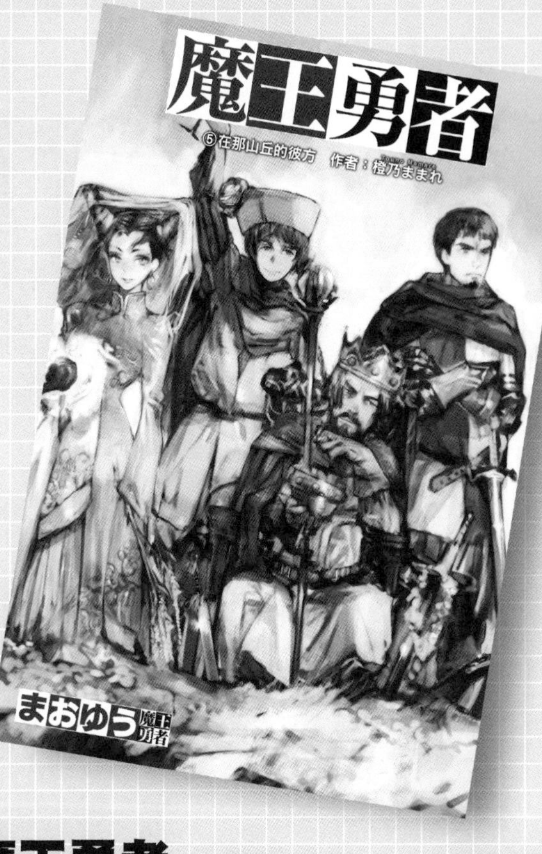

魔王勇者 1~5 完

Kadokawa Fantastic Novels

作者：橙乃ままれ　插畫：toi8、水玉螢之丞

顛覆傳統小說公式！
魔王與勇者攜手挑戰社會結構！

是希望？還是絕望？

魔界與人界邁向最終決戰！而眾人心中的「山丘的彼方」，又將會是什麼樣的風景——？

魔王與勇者攜手同行的新世紀冒險譚，在此堂堂完結！

台湾角川

各 NT$220~250/HK$60~70

©2012 Shouji Gatou, Naoto Okuro, Shikidouji, Kanetake Ebikawa, Toshiaki Ihara

Kadokawa Light Novels

驚爆危機ANOTHER 1~3 待續

Kadokawa Fantastic Novels

作者：大黑尚人　插畫：四季童子

電光石火般的SF軍事動作小說，現在全力加速！

市之瀨達哉操縱著〈Blaze Raven〉擊退了來犯的恐怖分子。目睹到他身為AS操縱者的優異才能，雅德莉娜心中百感交集。而無視兩人之間的不安氣氛，以前曾在工作時吃過達哉苦頭的阿拉伯王子——約瑟夫竟出乎意料地來襲，向達哉發出決鬥宣言！

各NT$180/HK$50

台湾角川

Kadokawa Light Novels

©2012 Kugane Maruyama

OVERLORD 1 待續

Kadokawa Fantastic Novels

作者：丸山くがね　插畫：so-bin

大受歡迎的網路小說書籍化！
熱愛遊戲的青年化身最強骷髏大法師！

網路遊戲「YGGDRASIL」即將停止服務——但是不知為何，它成了即使過了結束時間，玩家角色依然不會登出的遊戲。其中的NPC甚至擁有自己的思想。和公會根據地一起穿越的最強魔法師「飛鼠」率領公會，展開前所未有的奇幻傳說！

台湾角川

NT$260/HK$75

©GAKUTO MIKUMO 2012

Kadokawa Light Novels

噬血狂襲 1~5 待續

Kadokawa Fantastic Novels

作者：三雲岳斗　插畫：マニャ子

那月遭阿夜算計，外表變成了幼童!?
逃獄的魔導罪犯來襲，古城等人將如何應對？

仙都木阿夜和六名魔導罪犯成功自監獄結界逃脫了。他們的目的是抹殺「空隙魔女」南宮那月。那月遭阿夜算計被奪走魔力和記憶，外表變成了幼童。另一方面，為了拯救身負重傷的優麻，古城和雪菜來到ＭＡＲ的研究所。在那裡迎接他們的人物又是──!?

各 **NT$180~220/HK$50~60**

台灣角川

Kadokawa Light Novels

©HITOMA IRUMA 2012

蜥蜴王 1~4 待續

Kadokawa Fantastic Novels

作者：入間人間　插畫：ブリキ

為了欺騙「神明」，成為「王者」，
我在此踏出了第一步。

少年石龍子積極地進行掌控剛失去教祖的新興宗教團體「中性之友會」。然而身為復仇對象的少女白鷺卻來到石龍子面前，目的竟是與他約會？「最強殺手」之一的蚯蚓將蛞蝓逼上絕境，不具超能力的蛞蝓拚命逃亡，卻碰上正在約會的少年少女⋯⋯

各 **NT$180~200/HK$50~55**

台湾角川

©SHIDEN KANZAKI 2012

Kadokawa Light Novels

黑色子彈 1~4 待續

Kadokawa Fantastic Novels

作者：神崎紫電　插畫：鵜飼沙樹

防止原腸動物入侵的巨石碑提早一天崩塌，
東京地區命運全看自衛隊與民警的活躍！

不久的未來，人類敗給病毒性寄生生物「原腸動物」，被驅逐至狹窄的領土，帶著恐懼與絕望苟且偷生。居住於東京地區的少年里見蓮太郎是對抗原腸動物的專家「民警」成員，專門從事危險的工作。某天接獲政府的高度機密任務，內容是避免東京毀滅……

各 **NT$180~220/HK$50~60**

台湾角川

國家圖書館出版品預行編目(CIP)資料

新機動戰記鋼彈W冰結的淚滴. 7-8, 寂寥的狂想曲 / 隅沢克之作 ; 王中龍譯.
-- 初版. -- 臺北市 :
臺灣角川, 2014.01-　冊 ;　公分
譯自 : 新機動戦記ガンダムW フローズン.ティアドロップ. 7-8, 寂寥の狂詩曲
ISBN 978-986-325-760-8(上冊 : 平裝). --
ISBN 978-986-325-844-5(中冊 : 平裝)

861.57　　102024785

Kadokawa
Fantastic
Novels

新機動戰記鋼彈W 冰結的淚滴 8
寂寥的狂想曲（中）

（原著名：新機動戦記ガンダムW フローズン・ティアドロップ 8 寂寥の狂詩曲（中））

2023年6月28日 二版第1刷發行

作　者：隅沢克之
插　畫：あさぎ桜、KATOKI HAJIME
原　案：矢立肇・富野由悠季
譯　者：林莉雅

發行人：岩崎剛人
總編輯：蔡佩芬
主　編：林秀儒
美術設計：黃永漢
印　務：李明修（主任）、張加恩（主任）、張凱棋

發行所：台灣角川股份有限公司
地　址：104台北市中山區松江路223號3樓
電　話：（02）2515-3000
傳　真：（02）2515-0033
網　址：www.kadokawa.com.tw
劃撥帳戶：台灣角川股份有限公司
劃撥帳號：19487412
法律顧問：有澤法律事務所
製　版：巨茂科技印刷有限公司
ISBN：978-986-325-844-5

※版權所有，未經許可，不許轉載。
※本書如有破損、裝訂錯誤，請持購買憑證回原購買處或連同憑證寄回出版社更換。

©Katsuyuki SUMIZAWA 2013
©SOTSU・SUNRISE

Edited by KADOKAWA SHOTEN
First published in Japan in 2013 by KADOKAWA CORPORATION, Tokyo.
Complex Chinese translation rights arranged with KADOKAWA CORPORATION, Tokyo.